PETER RAABE

Von Menschen und Tieren

Erzählungen

1

INHALT

Das neue Kleid

Die Geschichte, die ich nachfolgend berichten werde, klingt aus heutiger Sicht vielleicht ziemlich banal und alltäglich. Aber damals, in den sechziger Jahren des vergangenen Jahrhunderts, als sie sich in einem oberitalienischen Dorf nahe Mailand abspielte, war sie schon – oder noch – ein Skandal. Dabei drehte sich alles nur um ein neues Kleid, das sich die junge Seniora Fassetti heimlich geleistet hatte – doch ich eile den Ereignissen zu weit voraus, eine Unsitte von mir. Der Leser möge daher Nachsicht üben und mich bremsen, wenn er mich ertappt.

Roberto und Marcello waren die Söhne von Reisbauern und befreundet seit Kindesbeinen und beide verliebt in die schöne Rosalia. Deshalb achtete jeder der beiden eifersüchtig darauf, daß der andere ihr nicht zu nahe kam. Nach der Grundschule hätten sie eigentlich erst Militärdienst absolvieren müssen, aber ihren Eltern gelang es mit Hilfe des Bürgermeisters, sie als dringend benötigte Reisbauern freistellen zu lassen. In Wirklichkeit begannen sie eine Lehre in einer Mailänder Möbelschreinerei und blieben dort auch anschließend als Gesellen. Marcello kaufte sich von seinen ersten Ersparnissen eine Vespa - ein Motorroller, mit dem sie beide täglich zur Arbeit fuhren; Roberto bezahlte den Sprit und die Reparaturen.

Das Dorfleben bekam einen wesentlichen Impuls, als in der einzigen Trattoria ein Fernsehgerät im Schankraum installiert wurde und die Männer des Dorfes sich nun dort stundenlang jedes Programm ansahen – ohne allerdings mehr zu trinken, als zuvor, was den Inhaber so verärgerte, daß er schließlich für Sportsendungen Eintrittsgeld verlangte.

Als Rosalia immer hübscher wurde und ihre Eltern meinten, daß sie alt genug sei, um unter die Haube zu kommen, entschied sie sich für den lebhafteren Marcello – und heiratete den ruhigeren Roberto, weil er nach Meinung der Eltern solider sei. Entsprechend ruhig und langweilig war denn auch ihre Ehe unter dem Dach und der Aufsicht der Schwiegermutter. Gegen Marcello hegten Rosalias Eltern ein gesundes Misstrauen, weil er so viel las, und lesen verdirbt ja bekanntlich den Charakter. Rosalia hätte lieber noch einen Beruf erlernt, um damit auch eigenes Geld zu verdienen, aber Roberto war dagegen, weil er jeden Kontakt mit anderen Männern verhindern wollte. Als einzige Abwechslung, die sie ihrem Mann abgetrotzt hatte, durfte sie einmal im Monat mit nach Mailand fahren in dem kleinen Fiat, den Marcello sich inzwischen angespart hatte, während Roberto jetzt jede Lira für ein eigenes Häuschen sparte. Doch je länger er sparte, umso schneller galoppierten Grundstückspreise und Baukosten davon, so daß seine Hoffnungen mit der Zeit schwanden.

Auch Marcello sparte, soweit er sein Geld nicht für Bücher ausgab. In der florierenden Möbelschreinerei erlebte er immer wieder, daß Leute abgewiesen wurden, die ihre alten Möbel restaurieren lassen wollten. Das weckte in ihm den Entschluß, sich so bald wie möglich als Möbelrestaurator in Mailand selbständig machen. Für diesen Beruf brauchte man nur wenig Werkzeug und noch weniger Maschinen, sondern vor allem Geduld, Geschick und Können. Einiges Fachwissen hatte er sich inzwischen durch die Lektüre von Fachbüchern angeeignet. In der Nähe der Schreinerei hatte er bereits einen kleinen Laden im Visier, der wegen „Geschäftsaufgabe aus Altersgründen" in Kürze vakant sein sollte.

Eigentlich war Rosalia Urheberin dieses Planes. Sie war auf einem ihrer Spaziergänge durch Mailand zufällig an dem Laden vorbeigekommen, hatte den handgeschriebenen Anschlag gelesen und den beiden Männern auf der Heimfahrt beiläufig davon berichtet, ohne daß sie auf erkennbare Resonanz gestoßen war. Doch in Marcellos Gehirn hatte sich die Nachricht eingenistet wie ein Virus und dort seine ihm angeborene Arbeit begonnen, sich besitzergreifend auszubreiten. Roberto, den er im Stillen schon als Mitarbeiter einplante, wusste von all dem noch nichts, denn Marcello wollte keine falschen Erwartungen in ihm erwecken. Vor allem aber sollten seine Pläne nicht zum Gesprächsstoff im Dorf werden. Und wenn er mal heiraten würde, müsste seine Frau so sein wie Rosalia, die er immer noch liebte und mit seinen Augen und Gesten nach wie vor umwarb. Und wenn er sich nachts selbst befriedigte, dachte er dabei nur an sie.

Rosalia war in der Tat von außerordentlicher Schönheit und außerdem sehr apart. Zu schön und zu apart, wie die übrigen Frauen des Dorfes meinten und sie deshalb ständig argwöhnisch beobachteten. Wie alle Frauen im Ort, trug auch Rosalia schwarze Kleider – aber nicht in den sonst üblichen verwaschenen, undefinierbaren Schwarztönen, sondern in einem geradezu leuchtenden tiefschwarzem Schwarz, und außerdem auf eine skandalöse Art – entweder angeblich zu eng, oder zu kurz oder mit einem unzüchtigen Schlitz vorne oder hinten oder an der Seite. Auch ihre Blusen waren in den Augen der Dorffrauen entweder eine Nummer zu eng, zu weit geöffnet oder zu durchsichtig. Einige Dorfweiber waren sich sicher, daß diese Schlampe auch keinen Büstenhalter darunter trug. Anstatt der üblichen derben Halbschuhe, die man mit groben Wollstrümpfen bei jedem Wetter und zu jeder Jahreszeit tragen konnte, trug sie Schuhe mit hohen Absätzen und dazu schwarze Nylonstrümpfe mit Naht. Und jedes Mal, wenn sie aus Mailand zurück kam, hatte sie eine andere Frisur, während die Frauen des Dorfes ihre Mädchenfrisuren so lange beibehielten, bis sie die Haare für den Rest ihres Lebens zu einem Knoten im Nacken zusammenbanden. Den Männern schien jedoch alles an Rosalia zu gefallen, denn überall, wo sie auftauchte, schauten sie ihr sehnsüchtig nach – ein schändlicher Beweis ihrer moralischen Verkommenheit. Und während die Männer im Dorf Roberto um seine Frau heimlich beneideten, bedauerten ihn die Frauen heimlich, daß er ausgerechnet „an so eine geraten" war.

Das Faß schier zum Überlaufen brachte Rosalia, als sie nach einem ihrer Ausflüge nach Mailand gar in Jeanshosen aus dem Auto stieg – mitten auf dem Dorfplatz und zur schönsten Abendstunde. Die Männer konnten es kaum fassen und die Frauen schauten entsetzt. Man hatte es schon im Fernsehen gesehen, daß „junge Dinger" in Mailand „so was" ungeniert auf der Straße trugen. Roberto hatte die Reaktion des Dorfes befürchtet, während Marcello sich darüber amüsierte. Am schlimmsten jedoch war, daß Rosalia – inzwischen ja eine 25-jährige verheiratet Frau - mit diesem Kleidungsstück auch die weibliche Dorfjugend verdarb. Die „jungen Dinger" dort hielten sie an den folgenden Tagen auf der Dorfstrasse an, um den Stoff anfassen zu dürfen, fragten sie aus nach dem Woher und zu welchem Preis, und zuhause begannen sie herumzuquängeln, weil sie – welche Schande! - auch solche Hosen haben wollten.

Rosalia wollte in den ersten Ehejahren noch keine Kinder und nahm deshalb die Pille, die sie sich heimlich von einem Gynäkologen in Mailand verschreiben ließ. Als sie schließlich doch ein Kind haben wollte und deshalb die Pille absetzte, blieb der Kinderwunsch unerfüllt, wobei ungeklärt blieb, wer und was die Ursache war. Die Klatschweiber im Dorf allerdings wussten es besser; unter ihnen kursierte das Gerücht, Rosalia habe einen Geliebten in Mailand, von dem sie schwanger gewesen sei und abgetrieben habe und deshalb, als Strafe Gottes, keine Kinder mehr bekommen könne. Zwar ging sie jeden Sonntag brav mit ihrem Mann zum Gottesdienst in die Dorfkirche, aber daß sie nicht zur Beichte ging, bewies allein schon die Ungeheuerlichkeit ihres sündigen Lebenswandels, den sie nicht einmal dem Pfarrer zu beichten wage - so die dort gehandelte Version von Rosalias persönlichem Standpunkt, daß sie nichts zu beichten habe. Während Marcello sie in ihrer Ansicht unterstützte, war Roberto der Auffassung, man solle sich den vorgegebenen Lebensumständen anpassen, denn es sei besser, sich mit den Menschen zu arrangieren als sie zu provozieren. Ihren ganz persönlichen Tribut zollte Rosalia dem christlichen Gott jeden Monat mit einem Gebet im Mailänder Dom. Sie zog es vor, direkt mit dem Schmidt zu reden, statt mit irgendeinem seiner Schmidtchen. Doch darüber sprach sie mit niemand.

*

Es war ein schöner Septembertag, als Rosalia wieder mit den beiden Männern nach Mailand fahren durfte. Nach dem obligatorischen Friseurbesuch schlenderte sie wie üblich durch die Innenstadt, dankte dem Herrgott mit einem Gebet im Dom und trank danach einen Cappuccino in der glasüberdachten Galeria Vittorio Emanuele II, wo auch die großen Modehäuser in Boutiquen ihre aktuellen Modelle ausstellen. Dabei fiel ihr Blick auf ein schwarzes Kleid – oder war es ein Mantel? – in einem der Schaufenster.

Nachdem sie bezahlt hatte, trat sie an das Schaufenster, um das interessante Kleidungsstück näher zu betrachten. Tatsächlich war es ungewöhnlich: ein *Mantelkleid,* dazu ein passendes *Minikleid,* das man darunter tragen sollte. Das Ensemble war natürlich sündhaft teuer – kein Schild verriet den Preis - vermutlich unbezahlbar für sie, und außerdem wüsste sie auch nicht, zu welchem Anlaß sie so etwas tragen könnte. Sie wusste in diesem Moment nur, daß sie es unbedingt haben musste!

Rosalia zitterte am ganzen Leib, doch sie konnte der Versuchung nicht widerstehen, die Boutique zu betreten, um sich zu informieren. Die äußerst liebenswürdige Verkäuferin musterte sie zunächst von oben bis unten, ob Rosalia als Käuferin überhaupt infrage kam. Nachdem sie diesen check bestanden hatte, erklärte sie ihr alles, was sie wissen wollte und lud sie schließlich zu einer Anprobe ein.

Als Rosalia in dem neuen outfit aus der Ankleidekabine trat, wirkte die Verkäuferin einen Moment lang sprachlos, um dann ihrer Begeisterung – echt oder gespielt – wortreich Ausdruck zu verleihen. Rosalia hörte sich die Komplimente mit wachsender Genugtuung an. Sie sah selbst in den großen Spiegeln, wie hinreißend sie wirkte. Danach verschwand sie wieder in der Kabine, um sich zurück zu verwandeln. Wortreich verständigte man sich darauf, daß das Ensemble eine Woche lang für Rosalia zurückgelegt werde, da sie auf eine solche Ausgabe im Moment gar nicht vorbereitet sei und daher erst noch ihren

Mann bemühen müsse. Mit einer Visitenkarte der Boutique, auf deren Rückseite die Verkäuferin alle Angaben zu dem Modell notiert hatte, verließ Rosalia schließlich das Geschäft – leicht betäubt und daher auch zu keinem klaren Gedanken fähig.

Eines war klar: ihren Mann brauchte sie gar nicht erst zu fragen, denn für eine solche Dummheit hätte er weder Verständnis aufgebracht noch Geld geopfert. Der einzige Mensch, der ihr jetzt helfen konnte, schien Marcello. Während der Rückfahrt ins Dorf überlegte Rosalia angestrengt, wann und wie sie ihm ihr Problem schildern konnte, ohne daß ihr Mann in der Nähe war. Über das Hauptproblem - wie sie ihrem Mann einen solchen Kleiderkauf erklären sollte und wie sie Marcello das geliehene Geld erstatten könnte, wagte sie noch gar nicht nachzudenken. Für sie stand nur fest, daß Marcello ihr das nötige Geld leihen werde.

Und die Zeit drängte. Heute war Mittwoch; samstags kamen die beiden Männer früher von der Arbeit zurück und am Abend würde Roberto wie üblich ein Fußballspiel vor der Glotze in der Trattoria ansehen und erst spät in der Nacht angetrunken heimkehren. Am Sonntag würde er dann, wie die meisten Männer des Dorfes, normalerweise angeln gehen. Marcello machte sich nichts aus Fußball und nichts aus angeln; er las lieber oder ging ins Kino im Nachbarort - das also war Rosalias große Chance, die es zu nutzen galt.

Der Samstag kam und entwickelte sich planmäßig, während Rosalia von Stunde zu Stunde nervöser wurde. Da sie Marcellos Abendprogramm nicht kannte und ihn keinesfalls verpassen wollte, falls er mit seiner geliebten Vespa zum Kino fahren würde, buk sie nach Heimkehr der beiden Männer in ihrer Ungeduld rasch einen Kuchen, der ihr als Vorwand dienen sollte, Marcello ein paar Stücke davon in seine Behausung zu bringen. Kaum hatte er sie hereingelassen, brach es aus ihr hervor:

„Marcello, Du musst mir helfen; ich brauche Geld von Dir. Du bekommst es auch zurück, ich verspreche es Dir."

Erst danach erklärte sie ihm, um was es ging. Marcello hörte ihr zu, ohne sie zu unterbrechen. Dann antwortete er sehr ruhig und sehr kühn:

„Du bekommst das Geld – wenn Du mit mir schläfst."

(Marcello benutzte das metaphorische Schlüsselwort für Fi-cken, dessen man sich in der christianisierten abendländischen Gesellschaft bedient, seitdem klerikale Moralapostel den zur menschlichen Fortpflanzung unverzichtbaren Geschlechtsakt wegen seiner lustvollen Nebenwirkung zur obszönen Sünde wider den heiligen Geist erklärt haben).

Rosalia erschrak. Das heißt nicht, daß sie über den Antrag überrascht war. Eigentlich war er überfällig. Überraschend war für sie nur seine Direktheit und der Zeitpunkt. Im Grunde hatte sie schon längst damit gerechnet, im Stillen sogar darauf gehofft, aber auf eine behutsamere Weise - nicht in Form einer Erpressung. Aber er brachte sie nicht aus der Fassung. Ihrer Meinung nach war sie lange genug ihrem Manne treu geblieben, ohne dafür eine sichtbare Anerkennung zu erfahren – eher das Gegenteil war der Fall. Und sie wusste: kleine Sünden bestraft der Herrgott sofort; je größer also die Sünde, umso später demnach die Strafe. Vielleicht war diese Sünde groß genug, um die Bestrafung gar nicht mehr im Diesseits zu erleben.

Marcello, selbst überrascht von seiner Kühnheit, deutete ihr Schweigen als Ablehnung. Doch er wollte nicht aufgeben. Um ihren Widerstand zu brechen, legte er nach:

„Das Geld will ich nicht zurückhaben. Und das Kleid schenke ich Dir offiziell zum Geburtstag. Dann brauchst Du keine weiteren Fragen zu beantworten".

Einem solch verlockenden Angebot konnte (und wollte) Rosalia nicht widerstehen. Ihre Hemmungen schmolzen dahin und sie war froh, mit ihrer Antwort so lange gezögert zu haben, denn so blieb ihr genügend Bedenkzeit übrig für eine kleine, schüchterne, doch sehr berechtigte Frage: „Wie sollen wir das anstellen?"

Marcello nahm sie in seine Arme: „Sag Deinem Mann, daß ich Dich heute ins Kino einlade". Dann küsste er sie ohne Hemmung auf die Lippen und sie entschwand, glückstrunken und mit glühenden Wangen. Der einzige kleine Wermutstropfen bestand darin, daß Rosalia erst in einem halben Jahr Geburtstag hatte.

Damit könnte ich die Erzählung eigentlich beenden, weil sie hier einen so schönen Abschluß gefunden hätte. Doch das wäre dann nur die halbe Geschichte und damit die halbe Wahrheit.

Nach Hause zurückgekehrt, informierte Rosalia ihren Mann wahrheitsgemäß über die Einladung des Freundes zum abendlichen Kinobesuch. Roberto murmelte etwas, das sie als Einverständnis interpretierte, ohne sich dessen durch Nachfrage zu vergewissern. Vielmehr wartete sie voller Ungeduld darauf, daß ihr Mann sich zu seinem Fußballspiel auf den Weg in die Trattoria machte. Als er schließlich die Wohnung verlassen hatte, machte sie sich unnötigerweise so reizvoll zurecht, wie es ihr möglich war. Dabei schlug ihr das Herz ganz so, als sei es vor ihrem ersten Abend mit einem noch unbekannten Verehrer. Hurtig verließ sie nach Einbruch der Dunkelheit die Wohnung und stahl sich auf Strümpfen die Stufen hoch zu Marcel-

11

los kleiner Junggesellenstube im Obergeschoß der elterlichen Kate.

Marcello erwartete sie bereits. Sie fielen sich beide voller Ungestüm in die Arme und auf sein Bett. Ebenso ungestüm rissen sie sich die Kleider vom Leibe und versanken in einem Rausch von wilder Leidenschaft, die sie beide bisher so lange unterdrückt hatten. Für Marcello erfüllte sich in dieser Nacht der Traum vom Glück in den Armen der Frau, die er für immer verloren geglaubt hatte; und auch Rosalia erlebte zum ersten Mal eine Art von Liebe, auf die sie nicht zu hoffen gewagt hatte – sinnlich und zärtlich, hemmungslos und grenzenlos bis zur Erschöpfung.

Als Rosalia am nächsten Morgen nach Hause zurückschlich, schlief ihr Mann noch seinen Rausch vom Vorabend aus. Deshalb machte sie sogleich das Frühstück und weckte ihn erst, als es Zeit wurde, rechtzeitig gemeinsam zum obligatorischen Kirchgang aufzubrechen. Auf dem Weg zur Kirche fragte Roberto sie nach dem Film. Marcello hatte ihr zum Glück den Titel genannt und sie hatte ihn bereits in Mailand gesehen und nun kam er in die Dorfkinos; ihr Mann konnte sie also nicht in Verlegenheit bringen. Schwieriger wurde es mit der Antwort auf die Frage, wann sie nach Hause gekommen sei. „Kurz nach Dir", log sie.

„Aber woher weist Du, wann ich nach Hause gekommen bin?", fragte er zurück.

„Weil ich noch von draußen gesehen habe, wie Du das Licht ausgemacht hast", kam ihre Antwort. „Als ich mich hereingeschlichen habe, hast Du schon geschnarcht".

Roberto glaubte es ihr und Rosalia staunte, wie gut sie lügen konnte. Und sie brauchte diese Lüge nicht einmal zu beichten, wie sie nach kurzer Selbstprüfung konstatierte: Sie hatte niemandem damit geschadet; im Gegenteil: mit der Wahrheit hätte sie großes Unheil angerichtet. Ihre Lüge war vielmehr eine friedenerhaltende Maßnahme und bei ihrer nächsten Privataudienz im Mailänder Dom würde sie es ihrem Herrgott auch so erklären und sicherlich seine Zustimmung finden – und wenn nicht, wäre das sein Problem. Auch von dem da oben ließ sie sich kein schlechtes Gewissen einreden.

Währenddessen überprüfte und überarbeitete Marcello bereits seine Zukunftspläne, denn Rosalia wollte er nicht wieder aufgeben und noch einmal verlieren. Schnelles Handeln war jetzt geboten.

Für den folgenden Tag nahm er sich vor, ab Mittag in der Schreinerei frei zu nehmen, um die Kleiderboutique mit der Visitenkarte aufzusuchen, die Rosalia ihm gegeben hatte; vorher musste er noch in der Bank Geld von seinem Konto abheben. Außerdem wollte er sich am Nachmittag vor Ort über die Räumlichkeiten und die Kosten für das Ladengeschäft informieren, das in seinen Zukunftsplänen nun eine zentrale Rolle spielte.

Marcello nahm seinen besten Anzug mit nach Mailand, zog sich in der Mittagspause um und erklärte dem erstaunten Roberto, er habe etwas in der Stadt zu erledigen, dann brauste er mit seinem Fiat los. In der Bank erfuhr er zu seinem Erstaunen, daß er von seinem Konto so viel Geld, wie er für das Mantelkleid benötigte, nicht auf einmal abheben konnte. Doch aus dieser Belehrung zog er einen Nutzen: In der Boutique zeigte er der Verkäuferin die Geschäftskarte mit ihren Notizen und erklärte ihr, seine Frau habe ihn geschickt, um eine Anzahlung zu machen, da sie selbst erst noch einmal zu einer erneuten

Anprobe kommen wolle für den Fall, daß noch irgendwelche Änderungen an dem Mantelkleid vorzunehmen seien. Die Verkäuferin zeigte sich keineswegs überrascht und verabschiedete Rosalias angeblichen Ehemann auf das Liebenswürdigste.

Hochgestimmt und erwartungsvoll machte er sich auf den Weg zur nächsten Station seiner Reise in die Zukunft. Als Marcello den Gemischtwarenladen betrat, löste er beim Öffnen der Tür ein Läuten aus, worauf nach ein paar Sekunden ein gebeugter alter Mann hinter einem Vorhang aus einem Hinterzimmer hervorkam und mit sehr freundlicher, aber brüchiger Stimme fragte: „Was kann ich für Sie tun, junger Mann?"

Marcello erklärte ihm den Grund seines Besuches, was auf den Alten offensichtlich eine belebende Wirkung ausübte, denn wortreich und detailliert schilderte er ihm seine ganze Familiengeschichte und Marcello hatte große Mühe, die Fakten zu erfahren, die ihn interessierten. Der Alte war Pächter des Geschäfts, das er mit seiner Frau geführt hatte, bis sie vor kurzem gestorben war. Es gab noch keinen Nachfolger; alles müsse mit dem Hausbesitzer verhandelt werden, der in der nächsten Etage wohne. Er selbst habe eine kleine Wohnung eine Etage darüber. Schließlich zeigte ihm der Alte die Räume, die sich hinter dem Laden verbargen - zwei große Zimmer hintereinander mit einem gemeinsamen Kaminanschluß, dazwischen ein kurzer Flur mit einer Toilette. Der hinterste Raum führte bereits auf eine Nebenstrasse, die ideale Zufahrt für Lieferanten. Und er nannte ihm auch den aktuellen Pachtpreis, den er jährlich an den Eigentümer zu zahlen hatte. Marcello bedankte sich schließlich bei dem Alten für die Zeit und Mühe, die er ihm geopfert hatte, während der Alte ihm viel Glück und Erfolg bei der Verwirklichung seiner Pläne wünschte.

Marcello ließ seinen Wagen stehen und hastete zur nächsten Cafeteria, um seine Eindrücke zu ordnen – und um zu rechnen. Dann eilte er zurück zu dem Geschäftshaus, um mit dem Eigentümer zu reden. Eine Frau öffnete vorsichtig, als er klingelte, und während er sich kurzatmig und umständlich vorstellte, kam auch ihr Mann an die Tür. Man ließ ihn eintreten und der Mann führte ihn in das Wohnzimmer. Die beiden Männer kamen schnell zur Sache: Marcello schilderte seine Absichten und der Mann stellte seine Fragen. Im Grundsatz war er mit Marcello als neuem Pächter und dessen Plänen einverstanden; die Finanzierung des Unternehmens musste Marcello allerdings erst mit seiner Bank klären. Man schied mit einem handschriftlich aufgesetzten vorläufigen Pachtvertrag als Grundlage hierfür.

Marcello raste zu seiner Bank, doch die war bereits geschlossen. Er klingelte trotzdem, bis sich am Rufbeantworter jemand meldete.

„Sie wünschen?" – „Ich möchte den Direktor sprechen" - „Haben Sie einen Termin?" – „Ja".

Auf einen Summton öffnete sich die Tür und Marcello war in der Vorhalle zum Allerheiligsten. Eine junge Dame mit Brille kam ihm freundlich lächelnd entgegen und führte ihn durch einen Gang, dabei fragte sie nach seinem Namen. Schließlich klopfte sie an die Tür mit der Aufschrift *Direktor* und auf den Zuruf „Herein!" öffnete sie die Tür und nannte einem dickleibigen Mann hinter seinem Schreibtisch Marcellos Namen. Der Direktor schaute auf seinen Terminkalender und schüttelte den Kopf: „Sie sind hier aber nicht eingetragen" – „Das macht nichts", erwiderte Marcello etwas zu forsch. „Ich hatte keine

Zeit, mich vorher anzumelden. Deshalb habe ich es auf gut Glück versucht".

Dem Herrn Direktor schien es die Sprache zu verschlagen, denn anstatt den unangemeldeten Gast hinauszuwerfen, hörte er sich Marcellos Anliegen artig an, da er ja immerhin ein Kunde seiner Bank war. Und er spürte das Langzeitreservoir, das in diesem offenbar zielstrebigen jungen Mann steckte. Er richtete auch ein paar Fragen an Marcello und rief schließlich die Sekretärin herein, um ihr einiges in ihren Stenoblock zu diktieren. Dann verabschiedete er Marcello, der bei der Sekretärin noch einige Formulare in Empfang nehmen durfte, die er ausgefüllt wieder so bald wie möglich abliefern sollte. Alles diente dazu, einen Darlehensantrag formgerecht zu stellen, dessen wohlwollende Prüfung und rasche Entscheidung ihm der Direktor mündlich in Aussicht gestellt hatte.

Marcello jubelte laut in seinem Auto, als er zurück zur Möbelwerkstatt fuhr, wo Roberto bereits ungeduldig auf ihn wartete. Marcello entschuldigte sich bei dem Freund, ohne jedoch eine Erklärung für den ungewöhnlichen Ausflug zu liefern - entgegen seiner sonstigen Gewohnheit. Entsprechend einsilbig verlief die Heimfahrt. Und daran sollte sich auch künftig wenig ändern, denn Marcello war nun zu sehr mit sich und seinen Plänen beschäftigt, in denen Roberto keine Rolle mehr spielen konnte, nachdem seine Frau die Hauptrolle in Marcellos Zukunftsplänen übernommen hatte.

Rosalia schlich sich nun an jedem Wochenende in Marcellos Kemenate, wo sie sich abwechselnd heftig liebten und über die Zukunft redeten. Alles schien so klar und einfach. Dabei war es kompliziert und verworren, wenn es konkret wurde, wie zum Beispiel beim Ausfüllen der Formulare und der Beschaffung der zahlreichen amtlichen Dokumente, wobei Rosalia ihm half. Bei ihrem nächsten Besuch in Mailand eilte Rosalia zuerst in Marcellos Bank, legte seinen Darlehensantrag mit allen nötigen Dokumenten zur Prüfung auf Vollständigkeit vor und ließ sich schließlich aufgrund seiner Bankvollmacht einen weiteren Teilbetrag für ihr Kleid auszahlen. Als nächstes ging sie zu ihrem Friseur, denn sie wollte in jeder Hinsicht einen guten Eindruck machen beim anschließenden Besuch der Boutique - voller Vorfreude auf das Wiedersehn mit ihrem Mantelkleid, um es erneut anzuprobieren, diesmal mit kritischeren Augen. In der Tat gab es noch ein paar Kleinigkeiten zu ändern, um den Sitz des Minikleides zu verbessern. Die Verkäuferin behandelte sie diesmal schon fast wie eine gute Freundin und gab ihr beim Abschied sogar Grüsse an ihren Mann Marcello mit auf den Weg.

Einen Monat später, als sie wieder in Mailand war, bestätigte der Frauenarzt ihr, was sie bereits ahnte, nachdem schon zum zweiten Mal ihre Regeln ausgeblieben waren: Rosalia war schwanger. Sie war zunächst zu aufgeregt über diese Nachricht, um entscheiden zu können, ob sie sich darüber freuen oder bedauern sollte. Vor allem dachte sie an ihr neues Kleid, und daß sie es nun weder an ihrem Geburtstag noch auf absehbare Zeit danach tragen konnte. Aber als ihr bewusst wurde, daß nur Marcello der Vater sein konnte, beschloß sie, glücklich darüber zu sein. Es schuf Fakten, die nicht rückgängig zu machen waren. Sie musste sich beherrschen, Marcello schon auf der Heimfahrt mit der Neuigkeit zu überraschen.

Sie konnte kaum den nächsten Samstag erwarten, um Marcello die Neuigkeit zu eröffnen. Ebenso erging es Marcello, der inzwischen per Post von seiner Bank die schriftliche Bestätigung seines Darlehens erhalten hatte. Die beiden ehebrecherischen Liebenden lagen sich in den Armen und genossen ihr sündiges Glück, nachdem jeder dem anderen seine frohe Botschaft berichtet hatte. Doch je größer ihr Glück, umso unbehaglicher wurde ihnen bei dem Gedanke an die unvermeidbare Aussprache mit Roberto. Wie würde er darauf reagieren, daß sein bester Freund seine Ehe zerstörte? Rosalia jedenfalls nahm sich vor, am Sonntag ihrem Mann ihre Schwangerschaft zu eröffnen, ohne die wahre Vaterschaft zu erwähnen. Alles weitere sollte Marcellos Angelegenheit sein, der sich den passenden Zeitpunkt dafür selbst vorbehielt.

Roberto wirkte alles andere als glücklich, als Rosalia ihn am nächsten Morgen sehr sachlich über ihre Schwangerschaft informierte. Er dachte daran, daß ihre Wohnverhältnisse in der Hütte seiner Eltern noch beengter, ihr Leben noch teurer und das Sparen noch schwerer werden würde. Aufgrund seiner Reaktion hätte Rosalia am liebsten die ganze Wahrheit herausgeschrieen, doch sie biß sich auf die Lippen und begann zu weinen. Eigentlich hatte sie ihrem Manne nichts vorzuwerfen, aber sie verkümmerte an seiner Seite und er bemerkte es nicht. Die Stunden mit Marcello und ihre Einbeziehung in seine Pläne hatten sie zu neuem Leben erweckt. Egal, was passieren würde – für sie war die Zukunft nur noch an der Seite von Marcello vorstellbar. Sie ging diesmal nicht mit Roberto in die Kirche; ihre verweinten Augen dienten ihr als Ausrede. Stattdessen rannte sie zu Marcello, um sich in seinen Armen zu beruhigen.

Roberto hingegen ging nach der Kirche direkt in die Trattoria, um seinen Ärger herunter zu spülen. Seine miese Stimmung entsprach dem nasskalten Novemberwetter, das draußen herrschte und auch die anderen Männer des Dorfes aufs Angeln verzichten ließ. Man redete nicht viel, dafür kannte man sich schon zu lange. Aber irgendwann gab Roberto doch seine Neuigkeit preis, was er mit Lokalrunden bezahlen musste. So wurde es Abend, bis er heimkehrte und direkt ins Bett ging, um bis zum nächsten Morgen, an dem er wieder zur Arbeit musste, seinen Rausch auszuschlafen. Die Neuigkeit verbreitete sich am nächsten Tag natürlich im ganzen Dorf und für die Weiber, die nun umlernen mussten, stand schnell fest, daß der Herrgott sein Urteil über Rosalia lediglich von Lebenslänglich durch Begnadigung abgemildert habe.

Rosalia überrascht Roberto am Morgen damit, daß sie wieder mit nach Mailand fahren wollte, angeblich wegen „Babysachen". Während der Fahrt eröffnete Marcello ihm, daß er am Nachmittag wegen einer geschäftlichen Angelegenheit in die Stadt müsse. Roberto hörte kaum hin, da er noch nicht ausgenüchtert war. Tatsächlich hatte Marcello sich mit Rosalia bei dem Kaufladen verabredet, um ihn diesmal gemeinsam zu besichtigen, mit dem Eigentümer die Übernahme vertraglich zu vereinbaren und anschließend bei der Bank das finanzielle Procedere zu besprechen und zu regeln. Marcello legte Wert darauf, daß Rosalia überall dabei war, um mit den Leuten bekannt zu werden und in der Sache den gleichen Überblick zu bekommen und stellte sie jeweils als seine zukünftige Ehefrau vor. Rosalia legte ihre anfängliche Scheu bald ab, nachdem sie merkte, daß nur sachkundiges Urteilsvermögen in den Verhandlungen gefragt war. Sie fand es zunehmend spannend und belebend, als Partnerin mit dabei zu sein, wie sich aus Marcellos Plänen ihr gemeinsames Projekt entwickelte.

Auf der Heimfahrt am Abend überraschte Marcello Roberto mit der Nachricht, daß er am Nachmittag den Vertrag für eine

Werkstatt abgeschlossen habe, in der er demnächst als selbständiger Möbelrestaurator arbeiten wolle. Schon in der nächsten Woche werde er dort einziehen, um in seiner Freizeit abends und an den Wochenenden das Innere zu renovieren und für seine Zwecke einzurichten.

Diesmal war Roberto hellwach: „Und wie komme ich dann nach Mailand?"

„Ich kann Dir meine Vespa verkaufen."

„Verkaufen? Ich denke, wir sind Freunde."

„Ich habe nichts zu verschenken. Jede Lire brauche ich für meinen Laden."

Der Ton ihrer Unterhaltung wurde zunehmend gereizter, während Rosalia zu weinen begann.

„Und ich soll Dir deinen uralten Motorroller abkaufen, um im Winter damit zur Arbeit zu fahren?!"

„Es gibt ja auch noch Busse, wenn Dir mein Angebot nicht zusagt."

„Dann muß ich ja noch eine Stunde früher aufstehen und komme abends noch eine Stunde später nach Hause", klagte Roberto.

Grußlos endete die Fahrt an diesem Abend zwischen den beiden Männern und wortlos verliefen die übrigen Fahrten während der restlichen Woche. Jedes mal transportierte Marcello Teile seines Inventars auf dem Dachgepäckträger seines Wagens Richtung Mailand, was Roberto die Endgültigkeit von Marcellos Absichten täglich aufdringlicher vor Augen führte. Marcello hatte sich die Genehmigung bei seinem Chef eingeholt, ein Doppelbett aus der Produktion zu erwerben, das wegen Mängeln im Holz nicht zu verkaufen war. Auf der Fahrt zu einem Kunden wurde es mit einem kleinen Umweg in Marcellos Ladengeschäft abgeladen.

Während Marcello abends seiner Zukunft entgegenfieberte, haderte Roberto mit sich und seinem Schicksal: an allem waren seine Frau Rosalia und sein Freund Marcello schuld, das versuchte er Rosalia jeden Abend auf neue mit zunehmender Lautstärke erfolglos klarzumachen, während sie schweigend zuhörte und gegen Tränen ankämpfte.

Als er am Samstagabend endlich in die Trattoria verschwand, rannte Rosalia zu Marcello. Mit einem Weinkrampf fiel sie ihm in die Arme. Nach einer Weile des Schweigens erklärte sie sehr bestimmt:

„Ich kehre nicht mehr zu ihm zurück."

Marcello nickte nur stumm, dann fuhr sie fort:

„Ich bleibe hier und fahre mit Dir morgen nach Mailand, und am Montag suche ich einen Anwalt und beantrage die Scheidung."

„Ich werde Dich begleiten", erwiderte er.

„ Danke - und ich werde mir Arbeit suchen".

„Aber Du hast doch nichts gelernt".

Marcello sagte es ohne Vorwurf, aber es brachte ihr schmerzlich zum Bewusstsein, daß sie wie in einem Käfig eingesperrt gelebt hatte, dessen Wärterin Robertos Mutter war. Ihre eigenen Eltern hatten sie lediglich so früh wie möglich verheiratet; als vermeintlich sichere Zukunftsinvestition war sie von ihren Eltern gehandelt worden.

Gemeinsam improvisierte das illegitime Paar auf dem Fußboden ein Notquartier für die Nacht, da bis auf das Bettzeug die meisten Sachen bereits nach Mailand geschafft worden waren. Für Marcello rückte die Stunde der Wahrheit gegenüber

Roberto unaufhaltsam näher; der Gedanke daran raubte ihm den Schlaf. Schließlich sprang er auf, zog sich etwas über und ging zu Robertos Hütte, in der noch Licht brannte. Auf sein Klopfen hin erschien Roberto an der Tür.

„Was willst Du?", fragte er mit lallender Stimme.

„Mit Dir sprechen".

„Sag, was Du zu sagen hast, und dann verschwinde", war seine Antwort.

„Also gut; wenn Du mich nicht herein lässt, sage ich es Dir so: Rosalia ist heute zu mir geflüchtet aus Angst vor Dir. Sie will sich scheiden lassen und wird nicht mehr zu Dir zurückkehren – das ist alles. Gute Nacht und lebe wohl!" Von seiner Vaterschaft erwähnte er allerdings nichts.

Roberto schien nicht sehr überrascht, denn er schrie Marcello üble Beschimpfungen und Verwünschungen gegen seine Frau nach, bis Marcello in der Dunkelheit verschwunden war. Marcello hatte sich die Abschiedsszene schlimmer vorgestellt. Nun fühlte er sich befreit und Rosalia nahm ihn dankbar in die Arme, als sie sich auf dem Notquartier aneinander schmiegten. Gemeinsam packten sie am nächsten Morgen den Wagen mit Marcellos restlichen Sachen voll. Von Rosalia gab es nur zwei Koffer mit Garderobe, die sie bereits im Laufe der Woche vorsorglich bei ihren Eltern abgestellt hatte. Dort hielten sie kurz an, und Rosalia verabschiedete sich von ihnen ohne viele Erklärungen und große Emotionen „auf bald!".

Den Sonntag verbrachten die beiden in schönster Harmonie damit, sich in einem der Lagerräume der künftigen Werkstatt häuslich einzurichten. Draußen war es kalt und drinnen war es kalt. Deshalb waren die beiden froh, daß der Alte, bei dem sie die Schlüssel abholen mussten, sie schließlich zu einem warmen Abendessen einlud, bei dessen Vorbereitung ihm Rosalia gerne half. Ihm gefielen die jungen Leute und ihr zielstrebiger Tatendrang und er war froh, daß die Abwicklung der Geschäftsübergabe so zügig und unproblematisch ablief, da er sich nicht einmal um die Auflösung des restlichen Geschäftsinventars zu kümmern brauchte: die beiden wollten so viel wie möglich davon verwenden und er überließ es ihnen gerne kostenlos. Damit war beiden Seiten gedient. Und zum ersten Mal in ihrem Leben würden sie über einen eigenen Telefonanschluß verfügen, sobald die Ummeldung erfolgt war.

Am nächsten Morgen erschien Roberto nicht in der Möbelschreinerei. Rosalia hingegen machte sich früh auf die Suche nach einer Anwaltskanzlei, um einen Termin für den Abend zu bekommen. Anschließend ging sie zu ihrer Boutique, diesmal nicht, um anzuprobieren, sondern in der Hoffnung, Rat und Hilfe bei der Verkäuferin zu finden auf der Suche nach einem Job. Natürlich war diese zunächst überrascht, daß Rosalia nicht die reiche Käuferin war, die sie zuvor schien. Aber der persönlichen Sympathie war der Klassenabbau zwischen ihnen umso förderlicher. Die Verkäuferin kannte sich in den Geschäften der Galeria aus und führte ein paar Telefonate mit den dortigen Geschäftsführern. Sie versuchte ihnen Rosalia als Verkäuferin schmackhaft zu machen, und tatsächlich bekam sie die Aufforderung von drei Boutiquen, sich persönlich vorzustellen. Der ganze Vormittag verging auf diese Weise. Schließlich kehrte Rosalia erschöpft zu der Verkäuferin in „ihrer" Boutique zurück, um ihr zu berichten und sich bei ihr zu bedanken. Die Verkäuferin, die sich ihr als Rita vorstellte, war gespannt auf den Verlauf der Gespräche und lud sie zum Mittagsessen in einem Schnellrestaurant ein. Rosalia hatte zwar noch keine

Stelle, aber man hatte ihr Hoffnungen gemacht. Bis zum Ende der Woche sollte sie die Entscheidungen bekommen. Am Ende des Essens umarmten die beiden jungen Frauen sich und besiegelten damit ihre Freundschaft auf Lebenszeit.

Rosalia hatte den ganzen Nachmittag damit zu tun, für einen funktionierenden Haushalt, den es in der provisorischen Wohnung zu organisieren galt, die notwendige Einkäufe zu tätigen; außerdem war das Telefon umzumelden, ebenso die Stromversorgung – kurzum: Rosalia schaffte es gerade, rechtzeitig in ihr neues Zuhause zurückzukehren, um mit dem Manne, an dessen Seite sie nun im Stande der Sünde lebte, den Weg zum Scheidungsanwalt anzutreten. Auf der Fahrt dorthin berichtete sie Marcello von den Aktionen, die ihren Tag ausgefüllt hatten. Die Füße taten ihr weh und erschöpft zog sie die Schuhe im Auto aus, während Marcello ihr gespannt zuhörte. Er war stolz auf sie. Schließlich meinte er: „Du musst unbedingt den Führerschein machen, sonst bekommst Du noch Mailänder Plattfüsse." Bis dahin sollte sie nach einem Schnellkurs am Wochenende die Vespa fahren, die ihr Mann zum Glück verschmäht hatte.

Gut gelaunt kamen sie in der Kanzlei an und ließen sich anmelden. Der Anwalt nahm sie höflich in Empfang und ließ sich den Sachverhalt schildern, stellte seine Fragen, machte während des Gesprächs laufend Notizen und meinte schließlich schmunzelnd, daß Rosalia aus juristischer Sicht taktische Fehler begangen habe: Zuerst hätte sie den Scheidungsantrag stellen sollen wegen Trunksucht des Ehemannes, erst danach fremdgehen und das Kind nach der Scheidung machen sollen. „Aber", meinte er strahlend, „das Leben hält sich glücklicherweise nicht immer an juristische Spielregeln, sonst wären wir bald arbeitslos. Wir müssen vor allem vermeiden, daß Sie mit sichtbarem Babybauch vor dem Scheidungsrichter erscheinen; das wirft automatisch Fragen nach der Vaterschaft und dem Zeitpunkt der Empfängnis auf, und davon hängt wiederum die Schuldfrage ab. Wenn Sie das Kind wegmachen lassen wollen, gehen Sie um Gottes Willen nicht zu einer dieser Engelmacherinnen, die es auch hier überall gibt. Aus meiner Praxis kenne ich genügend erfahrene Ärzte, die so was besser machen."

Es machte ihm sichtlich Spaß, die beiden zu schockieren, bevor er fortfuhr: „Doch zu Ihrer Beruhigung: wir werden das schon hinkriegen, dafür sind wir ja da. Wenn Sie das Kind behalten wollen, müssen wir den zeitlichen Ablauf nur ein wenig glätten. - Den Meineid möchte ich sehen, den ich nicht zu schwören bereit bin! Schließlich bin ich Ihr Anwalt, nicht der Ihres Mannes – falls er sich einen leisten kann".

Er konnte nicht. Er saß am Küchentisch bei seiner Mutter, wo er jetzt jeden Tag saß, seit er nicht mehr zu seiner Arbeitsstelle in Mailand fuhr, sondern sich und sein Schicksal beklagte. Dieses Schicksal hatte sich im Dorf natürlich wie ein Lauffeuer herumgesprochen. Nun konnten die Dorfweiber endlich laut sagen, was sie von dieser Schlampe hielten, die bisher Robertos Frau gewesen war: Er solle froh sein, sie los zu sein und ihr keine Träne nachweinen. Sie hatte ihm nur Unglück gebracht – und wer war wohl der Vater des Bastards, den das Flittchen bald bekam? Daß sie mit Marcello, seinem angeblich besten Freund, nach Mailand abgehauen sei, beweise ja schon alles. Roberto gehöre ins Dorf, wo er wie die anderen Männer sich im Sommer als Reisbauer und im Winter in der Sägemühle sein ehrliches Brot verdienen könne. Die Männer des Dorfes, die bisher Rosalia begehrt und Roberto beneidet hatten, waren

25

ganz kleinlaut geworden. Sie duckten sich unter den selbstgefälligen Tiraden ihrer Frauen und schwiegen.

Roberto verstand wenig von dem, was in schönster Juristensprache abgefasst nach wenigen Tagen per Einschreiben als Scheidungsantrag der Briefträger ihm nach Hause brachte. Er war froh, daß ihm schriftlich zugesichert wurde, daß sämtliche Kosten des Scheidungsverfahrens von der „Gegenpartei" getragen würden und er alles behalten dürfe, was ihm ohnehin gehörte, wenn er die beiliegende Einverständniserklärung unterschrieben in dem beigefügten vorfrankierten Umschlag umgehend zurücksende – anderenfalls ihm mit schrecklichen Konsequenzen gedroht wurde bis hin zur Zwangseinweisung in eine Trinkerheilanstalt – trotz „vorzüglicher Hochachtung".

So kam es zu einer einvernehmlichen Scheidung, die Rosalia allerdings ebenso viel kostete wie ihr neues Kleid, das noch immer in der Boutique auf Endabnahme und Endbezahlung wartete. Zum Glück hatte sie eine Stelle in einer der Boutiquen bekommen, in denen sie sich am ersten Tag vorgestellt hatte. So konnte sie in den nächsten Monaten so viel verdienen, daß sie davon den Anwalt und ihre Fahrstunden bezahlen konnte, bevor die Schwangerschaft sie zur Aufgabe der Tätigkeit zwang. Marcello arbeitete jeden Abend und an jedem Wochenende in seiner Werkstatt, um im Frühjahr als Möbelrestaurator beginnen zu können. Doch er ließ es sich nicht nehmen, Rosalia zum Geburtstag das Kleid zu schenken – so, wie er es damals versprochen hatte, als er sie durch Erpressung mit diesem Kleid von seinem damaligen Freund Roberto zurückerobert hatte.

Als die beiden nach Abschluß des Scheidungsverfahrens endlich standesamtlich heiraten konnten, waren der alte Mann aus dem Haus und Rita, Rosalias neue Freundin, die Trauzeugen und Rosalia hoch schwanger. Bald darauf starb der Alte und das junge Ehepaar konnte auch seine Wohnung übernehmen. Im Sommer kam ihr Kind zur Welt, ein Mädchen. Das erste Jahr von Marcellos Selbständigkeit war hart und entbehrungsreich. Doch allmählich entwickelte sich alles zum Guten und sie bereuten nichts von dem, was der Vergangenheit angehörte.

*

Ich sah die beiden ein paar Jahre später zufällig in der Mailänder Scala bei einer Aufführung von La Traviata. Ich vermute, es war aus Anlaß ihres Hochzeitstages. Sie saßen in einer Seitenloge – er trug einen Smoking und sie ein wunderschönes, kirschrotes schulterfreies Abendkleid, das ihren schönen Busenansatz voll zur Geltung brachte. Sie machten einen zufriedenen und harmonischen Eindruck; offenbar war ihnen auch ein gewisser gesellschaftlicher Aufstieg nicht verwehrt geblieben, was mich für sie freut.

Ich überlasse es dem Leser, sein Urteil darüber zu fällen, ob der liebe Gott oder der Teufel in dieser Geschichte seine Finger im Spiel hatte – oder ob vielleicht der Zufall Schicksal gespielt hat, oder das Schicksal sich des Zufalls bediente. Vielleicht hatte ja auch Gott den Teufel losgeschickt, damit er seinen Fehler wieder gutmachen sollte, den Gott am Anfang der Geschichte gemacht hatte. Denn man muß wissen, daß der Teufel ein gefallener Engel ist, der noch immer in Gottes Diensten steht. Man kann auch nicht ausschließen, daß Rosalia mit ihren monatlichen Gebeten im Dom dem alten Sack da oben ganz schön auf die Nerven gegangen ist, weil sie ihm ein schlechtes Gewissen bereitete. Nichts ist undenkbar und vieles ist möglich.

Das Kleid? Ach ja, das Kleid – fast hätte ich es vergessen:

Nach der Geburt der kleinen Sonja, so tauften sie ihr Töchterchen, war Rosalia zunächst natürlich zu üppig, so lange sie das Baby stillte, um in das Kleid hineinzupassen. Aber auch danach gelang es ihr nicht mehr, ihr früheres Gewicht und die entsprechenden Maße wieder zu erreichen, obwohl ihre Figur nach wie vor tadellos war, wie ich in der Oper selbst erkennen konnte. Seufzend musste sie es also wieder, wie an ihrem Geburtstag, ungetragen in den Kleiderschrank hängen. Dort hängt es noch heute, da ich die Geschichte niederschreibe, und Rosalia hofft, daß Sonja es einst tragen wird – wenn es bis dahin nicht zu unmodern ist. Aber trennen will sie sich von dem Kleid auf keinen Fall. Dafür bedeutet es ihr zu viel, was man ja auch verstehen kann.

Daß Rosalia dieses Kleid nie tragen durfte, war vielleicht die Strafe, die sich der Alte da oben für Rosalias Sünde ausgedacht hatte, denn er weiß natürlich genau, wie er einer Frau am meisten wehtun kann. Und zuzutrauen ist es ihm, wenn ich es auch für sehr kleinkariert halte, sich auf eine so heimtückische Weise dafür zu rächen, daß jemand auf Erden nicht jede seiner Entscheidungen respektiert, - nur weil Er meint, immer Recht haben zu müssen. Aber so ist der Alte nun mal und wir Sterblichen müssen damit leben.

Der Mann auf der Kirchturmspitze

Es war wirklich etwas ungewöhnlich. Als der Mann eines morgens erwachte, fand er sich auf dem Wetterhahn des höchsten Kirchturms in der Stadt hocken.

Zunächst war der Mann verwundert, weil er nicht wusste, wie er hier heraufgekommen war. Vielleicht hatte ihn der Wunsch empor getragen? Das beschäftigte ihn aber nur kurze Zeit, dann hatten die Tatsachen gesiegt, waren schon Selbstverständlichkeit, schließlich Gewohnheit.

Der Mann fühlte sich keineswegs glücklich in seiner neuen Situation, denn die Sitzgelegenheit war äußerst unbequem. Zudem war es kalt hier oben, und es herrschte ein solch heftiger Wind, daß er mit einer Hand seinen Hut festhalten musste, den er keinesfalls verlieren wollte, wiewohl er diese Hand sehr gebraucht hätte, um sich selbst an dem Wetterhahn festzuhalten.

Es war übrigens nicht eindeutig, ob er den Hut oder sich selbst an dem Hut festhielt, und selbst wenn letzteres zutraf, so musste man sich fragen, was ihm wohl mehr bedeute: der Halt am Wetterhahn oder an seinem Hut.

Wenn er sich vorbeugte, hatte der Mann eine gute Sicht auf die Kirche zu, wo mehrere breite Straßen zusammenliefen.

Dunkle kleine Punkte bewegten sich in zunehmender Zahl in diesen Straßen, die meisten in Richtung auf den Platz vor der Kirche.

Wie Ameisen, dachte der Mann und beschloß, sie von nun an nur noch so zu bezeichnen.

Der Platz füllte sich immer mehr mit diesen Ameisen. Autos, Omnibusse und Straßenbahnen, die er durchaus zu erkennen und unterscheiden vermochte, hatten offensichtlich Mühe, sich ihren Weg zu bahnen.

Als plötzlich aus einem Lautsprecherwagen die Worte ertönten: „Was tun Sie dort oben? Kommen Sie herunter!", wurde ihm klar, dass er der Anlaß war für die Versammlung der Ameisen dort unten. Sie fanden seine Position anscheinend beunruhigend.

Was ich hier tue? Nichts tue ich hier, ich *bin* hier, sagte er zu sich selber.

Er schaute sich um und stellte fest, dass es keine Möglichkeit gab, auf anständige Weise herunterzusteigen, selbst wenn er dazu bereit gewesen wäre. Er hätte sich fallen lassen müssen. Die Ameisen würden ihn vielleicht sogar auffangen. Aber was wäre von ihm übrig geblieben?

Nein, er wollte aushalten. Er wusste jetzt, dass dies so hatte kommen müssen. Schon lange hatte er die Veränderung kommen gefühlt. Nun war es also geschehen.

In der Kugel, auf der der Wetterhahn saß, entdeckte der Mann ein Loch. Und da die Kugel nach unten hin offen war, bot sich vielleicht die Möglichkeit, dort hindurch zu den Ameisen hinab zu sprechen.

Nein, rief er halblaut. Es kostete ihn viel Kraft. Er sah wirklich keinen Grund, warum er hinuntersteigen sollte. Unangenehm war es sowohl hier, als dort unten. Aber es war ihm peinlich, dass man sich auf einmal mit so offenkundiger Aufmerksamkeit für ihn interessierte und machte ihn verlegen.

„Wie heißen Sie?" fragte jetzt der Lautsprecher.

Das schien den Ameisen von Wichtigkeit, um sich seiner allmählich bemächtigen zu können.

Der Mann überlegte: er kannte niemand, niemand kannte ihn, also könnte keiner ihn vermissen, mithin auch nicht namhaft machen.

Aber sie bestanden offenbar darauf:

„Wie heißen Sie? Wer sind Sie?" fragte wieder die Blechstimme mit einer Teilnahme, vor der es kein Entrinnen gab.

Der Mann spürte erste Anzeichen der Kälte und aufkommender Übelkeit. Er wollte seine Ruhe haben, aber die konnte er anscheinend nur gewinnen, wenn er dem Lautsprecher seinen Tribut entrichtete. Im übrigen wollte er die Ameisen wirklich nicht beunruhigen. Er wollte nichts von ihnen und sie sollten ihn in Ruhe lassen, wiederholte er sich. Es gab wichtigeres für ihn; er musste sich mit dem Tod ins Reine bringen.

Der Mann nannte ihnen seinen Namen und fühlte sich elender danach. Man schien seine Nachricht auszuwerten und Akten zu wälzen, denn die Blechstimme schwieg nun für eine Weile.

Der Mann überlegte, warum sie wohl so interessiert sein könnten, dass er heruntersteige. Vielleicht, weil sein Beispiel Schule machen könnte; dass viele andere, die vielleicht nur darauf gewartet hatten, bis einer den Anfang machte, nun plötzlich auch versuchen würden, auf Kirchtürme zu steigen und dort auszuharren. Das würde, wie er einsah, eine Bedrohung für die öffentliche Ordnung bedeuten. Andererseits glaubte er aber nicht, dass die Zahl derer groß sein wäre, die ein solches Abenteuer riskierten würde.

Aber warum holten sie ihn nicht einfach herunter; ihre Mittel und Möglichkeiten waren erheblich größer als seine eigene Chance. Sie hielten es wohl für unvereinbar mit den garantierten Grundrechten ihrer demokratischen Verfassung. Ja, das war ein wirklich brauchbares Argument. Das entband sie von allem lästigen Handeln, nötigte keinen, den anderen dazu aufzufordern und bewahrte sie vor Kompetenzstreitigkeiten. Im übrigen hatten sie ja den Lautsprecher, der ihnen alle Bemühungen auf einfache Weise abnahm.

Vielleicht kam es ihnen auch darauf an, dass er selbständig und freiwillig zu ihnen zurückkehrte.

Wieder erscholl die Blechstimme: „Man sagt, Sie seien verrückt?"

Der Man überlegte. Er vermochte es nicht zu beurteilen. Sie waren sicherlich unbefangenen, aber er wusste nicht, woran sie seinen Geisteszustand maßen. Jene Behauptung aber war von ihrem Standpunkt aus vermutlich richtig. Alles war eigentlich nur eine Frage der verschiedenartigen Perspektive.

Wie sonderbar, dachte er bei sich, jetzt, da ich ihnen viel entfernter bin, sehen und hören sie mich plötzlich alle.

Das war bisher anders. Aber Verstehen gibt es nicht.

„Warum kommen Sie nicht herunter?" fragte die Blechstimme.

Der Mann überlegte; er wurde unsicher. Ihm fiel keine vernünftige Antwort ein.

Ich habe Angst – Das war es.

„Vor wem?" die Blechstimme.

Vor allem

„Wir tun Ihnen nichts".

Das glaube ich

„Dann kommen Sie doch herunter!"

Nein

„Warum nicht?"

Ich habe Angst

„Vor wem?"

Vor allem

Es wollte kein Ende nehmen.

Die alte Marter. Er hatte geglaubt, all dem entronnen zu sein.

Ihm schwindelte.

Er wollte hier ausharren, er brauchte Ruhe. Er wollte das Ende abwarten hier.

Die Blechstimme wurde von Zeit zu Zeit durch eine andere, frische abgelöst.

Der Man fühlte die Kälte in sich hochsteigen, er spürte Hunger, die Übelkeit war jetzt permanent. Der Arm, der den Hut festhielt, war eingeschlafen; aber er hielt den Hut noch immer fest.

Es wird nicht mehr lange dauern, dachte der Mann, das ist gut so. Es kommt jetzt nur noch darauf an, hier auszuharren.

Als es Abend wurde und dunkel, verliefen sich die Ameisen, und da die Blechstimme kein Publikum mehr hatte, verstummte auch sie.

Es begann zu regnen. Der Mann hielt noch immer seinen Hut mit der einen Hand, mit der anderen klammerte er sich weiterhin an den Wetterhahn.

In der Nacht starb er.

Kein ungewöhnlicher Tod übrigens. Er starb einfach so, wie eine Kerze schließlich einmal ausgeht. Bis zum Schluß war er lediglich bemüht gewesen, seinen Hut nicht zu verlieren.

Er war auch keineswegs überrascht gewesen darüber, dass er sterben musste; er hatte damit gerechnet, hatte es kommen fühlen und fand es natürlich so. Er hatte sich darauf eingerichtet und so ging die Rechnung auf.

Da er sich bis in den Tod hinein an dem Wetterhahn festgekrallt hatte, blieb er auch weiterhin daran hängen, mit einer Hand noch immer den Hut haltend. Aber noch in der selben

Nacht kamen hungrige Vögel, die seinen Körper auffraßen, so daß nichts davon übrig blieb.

Als am nächsten Morgen die Ameisen wieder auf den Platz vor der Kirche kamen, sahen sie nur noch den Hut am Wetterhahn hängen.

Sie waren sich einig, dass der Man ihn dort zurückgelassen habe als Zeichen eines lächerlichen Triumphes und dass er selbst auf irgendeine Weise wieder vom Kirchturm heruntergeklettert und nun wieder unter ihnen sei, sozusagen als Mensch unter Menschen.

Knast-Urlaub

Als das Telefon bei mir am frühen Morgen klingelte, wußte ich, es war Toni. Er hatte einen Tag „Ausgang" bekommen und ich sollte ihn am Gefängnistor mitten in Manhattan abholen.

„Sei aber pünktlich!", sagte er mit drohendem Unterton. Alles, was er sagte, hatte diesen drohenden Unterton. Ich haßte ihn dafür, denn er löste bei mir nur zwei Reaktionen aus: Wut und Furcht – je nachdem, um was es ging.

Toni und ich waren seit fünf Jahren ein Paar; ich war seine Freundin, in deren Appartement in der Bronx er wochentags wohnte; am Wochenende fuhr er stets zu seiner Frau und seinen zwei halbwüchsigen Kindern nach Pittsburg, wo sie das Haus seiner verstorbenen Eltern bewohnten.

Ich hatte mich mit diesem Zustand arrangiert, nachdem ich eingesehen hatte, daß es aussichtslos war, Toni zur Scheidung zu überreden. Seit ich die Hoffnung auf eine Ehe mit ihm begraben hatte, hatte sich unser Verhältnis gebessert, gewissermaßen normalisiert: ich bekochte ihn und befriedigte ihn auf meine Weise im Bett, er bezahlte mich und befriedigte mich auf seine Weise im Bett.

Das Geld, mit dem er mich befriedigte, kam aus mir unbekannten Quellen, die außerdem sehr unterschiedlich sprudelten. Auch die Art seiner Tätigkeiten kannte ich nicht und ich fragte vorsichtshalber auch nicht mehr danach, nachdem ich mir dafür eine Ohrfeige eingefangen hatte. Aber er verließ unser Appart - ment nie ohne Schußwaffe.

Jahrelang war alles gut gegangen. Bis vor einem Jahr. Seitdem „saß" er und wir sahen uns nur zu den wöchentlichen Besuchszeiten im Gefängnis. Bei einer dieser Gelegenheiten hatte ich auch seine Familie kennen gelernt, der er mich als seine Zimmervermieterin vorstellte. Ob seine Frau es geglaubt hat, bezweifle ich, aber sie ließ sich nichts anmerken. Sie sah so aus, wie ich sie mir vorgestellt hatte: eine typische amerikanische Durchschnittshausfrau von circa vierzig Jahren; bieder im Aussehen und bieder im Geschmack, brav in Geist und Gemüt. Ich war zehn Jahre jünger als sie und in ihren Augen vermutlich ein Flittchen, womit sie nicht falsch lag. Schließlich mußte man von irgend etwas leben, das galt schon vor Tonis Zeit und nach seiner Verurteilung zu zwei Jahren Knast wieder.

Es war ein naßkalter Sommertag. Trotzdem zog ich mein blau geblümtes Sommerkleid mit weitem Ausschnitt an, denn ich wußte: bei diesem Wetter würde sich alles in unseren vier Wänden abspielen, davon das meiste zwischen meinen Beinen. Hosen wären dafür hinderlich gewesen und ich hatte auch auf einen Slip verzichtet, um Toni eine Freude zu machen. Während der Fahrt dachte ich an die zahlreichen Reparaturen, die er erledigen sollte und wollte: den tropfenden Wasserhahn in der Küche, die defekte Wasserspülung im WC, die Waschmaschine, deren Schleudergang nicht funktionierte, den Wackelkontakt in einem Lichtschalter – alles kleine Macken, für die man keinen Handwerker bekam und deren Beseitigung Toni versprochen hatte, sobald er wieder zu mir nach Hause käme. Doch ich machte mir keine Illusionen über den Ablauf seines Knast-Urlaubs.

Pünktlich kam ich am Gefängnis an, aber Toni stand schon vor dem Tor. Das war ein schlechtes Omen, denn es bedeutete schlechte Laune, weil er auf mich warten mußte. Ich hupte, als ich ihn sah und zeigte auf meine Uhr, als er in den Wagen einstieg, der ihm gehörte.

„Schon gut!", knurrte er, und: „Fahr endlich los!" Sein drohender Unterton machte mich diesmal wütend, weil ich ihm keinen berechtigten Grund dafür geliefert hatte.

Es begann zu regnen und Toni begann, mir zwischen die Schenkel zu fassen. Ich mußte mich auf den Straßenverkehr konzentrieren und preßte meine Beine zusammen, um Toni an weiterem Vordringen zu hindern. Sofort bekam ich einen Schlag mitten ins Gesicht.

Toni war kein Schläger, aber Widerstand und Widerspruch vertrug er nicht und konnte dann recht brutal werden, auch im Bett. Ich wußte es und hatte es schon häufig erlebt. Manchmal provozierte ich es sogar, wenn mir danach war, brutalen Sex mit ihm zu haben. In diesem Augenblick jedoch kam mir seine Reaktion höchst ungelegen und ich schrie ihn an: „Verdammte Scheiße, kannst du damit nicht warten, bis wir zuhause sind? Ich habe keine Lust, deinetwegen einen Unfall zu bauen und im Krankenhaus zu landen!"

Natürlich war mir klar, daß er mächtig geil war nach den Entbehrungen der letzten Monate, aber er hatte ja jeden Tag genügend Zeit gehabt, sich selbst zu befriedigen oder es mit seinem Zellengenossen zu treiben; ich unterstellte ihm ohnehin beides und nahm es ihm auch nicht übel. Mein Lebensweg war auch nicht gerade der Pfad der Tugend. Die Nächte verbrachte ich überwiegend in irgendwelchen Hotels, denn die anständigen Jobs waren von den anständigen Menschen besetzt. Ich neide es ihnen bis heute nicht. Ich zog eine leichtere Art des Geldverdienens vor, um mir dadurch ein leichteres Leben zu gönnen und habe diese Entscheidung nie bereut. Ich konnte es mir leisten, die Männer auszuwählen, mit denen ich ins Bett ging, weil ich attraktiv war und ihnen im Bett mehr bot, als eine billige Nutte. Denn weil es mir selbst Spaß machte, investierte ich auch Gefühle, was man mir dankbar honorierte. Daher hatte ich bald einen kleinen, aber feinen Kundenstamm, der sich nicht lumpen ließ. Jeder schien stolz darauf, mich zu besitzen, denn keiner scheute sich, mich auch auszuführen und seinen Freunden vorzustellen – mit denen ich natürlich auch ins Bett ging, wenn sie mir gefielen und nicht nach Schweiß rochen. Und wenn die Bezahlung stimmte, gab es auch ein Wiedersehn.

Weshalb ich ausgerechnet Toni verfiel, weiß ich bis heute nicht. Er wurde mir bei einem Abendessen vorgestellt, das in einem der hervorragenden New Yorker Restaurants stattfand, in denen sich die gute Gesellschaft der New Yorker Unterwelt außerhalb ihrer geschäftlichen Verabredungen zu treffen pflegte. Er sah trotz seiner kräftigen Statur recht gut aus, hatte schwarzes, leicht gewelltes Haar und strahlend weiße Zähne, die man selten zu sehen bekam, da er so gut wie nie lachte. Seine Augen wirkten melancholisch und er sprach wenig. Obwohl er dazu gehörte, schien er sich in dieser Gesellschaft nicht besonders wohl zu fühlen; auf mich machte er den Eindruck des einsamen Jägers. Er schien etwa zehn Jahre älter als ich und verhielt sich recht unauffällig. Im Unterschied zu den meisten anderen versuchte er nicht, mir zu imponieren. Im Gegenteil; er nahm kaum Notiz von mir, obwohl ich an diesem Abend besonders attraktiv gekleidet war. Mein schwarzes Kleid war von schlichter Eleganz, modellierte meinen Körper, hatte ein tiefes Rückendekolleté und zeigte viel Bein – was unter dem Tisch allerdings verborgen blieb. Er jedenfalls zeigte zu meiner Verblüffung keinerlei Interesse an mir, geschweige denn, mit mir ins Bett zu gehen. Vielleicht war es diese fast scheue Zurückhaltung, die mich besonders neugierig machte. Schließlich war ich es, die ihn zu einem Drink an die Bar einlud. Mein Begleiter jedoch kam umgehend nach, als er es bemerkte, und holte mich an den Tisch zurück. Ich konnte Toni gerade noch meine Visitenkarte zustecken und ihm sagen, daß ich mich freuen würde, irgendwann einmal von ihm zum Essen eingeladen zu werden.

Daß aus dem Abendessen eine Affäre, dann eine feste Freundschaft und schließlich eine noch festere Beziehung wurde, lag weder in meiner noch in seiner Absicht und widersprach auch allen Plänen, die ich nicht hatte. Sie entwickelte sich so – weder zwangsläufig, noch unfreiwillig – zu einer funktionierenden Scheinehe, ohne daß wir unser bisheriges Leben grundsätzlich änderten. Wir schränkten unsere Freizeitaktivitäten, mit denen jeder sein Geld verdiente, nur so viel ein, wie sie unserer Zweisamkeit im Wege standen. Das hatte den Vorteil, daß keiner vom anderen abhängig wurde – weder finanziell noch emotional. Sex und Sympathie verbanden uns und – was wir nicht bemerkten – das Bedürfnis nach dem, was wir bis dahin vermißten: ich die Geborgenheit in einer festen, dauerhaften Beziehung; er ein Kontrastprogramm zu seiner Spießerehe.

Der Rest unserer Heimfahrt verlief schweigsam, was meine Stimmung aufhellte. In unserem Appartement angekommen, fiel Toni ebenso wortlos wie erwartungsgemäß über mich her, und ich ließ ihn gerne gewähren. Die Entdeckung, daß ich keinen Slip anhatte, steigerte seine Lust zur Ekstase. Es wurden zwei wundervolle Stunden, begleitet nur vom gleichmäßigen

Tropfen des Wasserhahns in der offenen Küche. „Was ist denn das?", fragte Toni mich, hellhörig geworden.

„Das ist der Wasserhahn", antwortete ich wahrheitsgemäß. „Du wolltest ihn reparieren, sobald du nach Hause kommen würdest, hattest du gesagt."

„Ich kann mich nicht erinnern", versuchte er mich zu belügen.

„Gut so", reagierte ich gereizt, „und ich kann mich nicht daran erinnern, daß gestern ein Eilbrief von deiner Frau hier eingegangen ist!" Das saß.

Toni sprang auf: „Wo ist der Brief?" Wieder dieser drohende Unterton. Doch ich ließ mich diesmal nicht einschüchtern.

„Er liegt im Auto. Ich wollte ihn dir schon am Gefängnis geben, aber du warst so charmant zu mir, daß ich dir zunächst Gelegenheit zur Wiedergutmachung geben wollte".

Mit grimmiger Miene sprang Toni in seine Hose und rannte barfuß zum Lift. Nach einer Weile kehrte er mit dem Brief in der Hand zurück. Sein Gesicht war leichenblaß, doch er sagte kein Wort. Statt dessen holte er einen Koffer aus dem Schrank und ich sah ihm dabei zu, wie er seine wenigen Habseligkeiten hineinpackte, die er in unserem Appartement hatte – ein paar Anzüge, Hemden, Schuhe, Strümpfe, Unterwäsche und Krawatten sowie seine Waschutensilien im Bad.

Als er zur Tür ging, drehte er sich nicht einmal nach mir um. Seinen Wohnungsschlüssel fand ich später in meinem Briefkasten.

Ich habe nie erfahren, was in dem Brief stand. Toni ist auch nicht in das Gefängnis zurückgekehrt, wie ich durch Anruf dort erfuhr. Ich überwand mich schließlich, seine Frau anzurufen, doch unter der Nummer meldete sich niemand und später hieß es „Kein Anschluß unter dieser Nummer".

Meine Stammkunden waren froh, daß ich nun wieder mehr Zeit für sie hatte.
Ich auch.

Ein Spukschloß in Irland

Die nachfolgende Geschichte beginnt eigentlich mit dem tragischen Verkehrsunfall, bei dem Lord und Lady of Leitrim ums Leben kamen und der Unfallverursacher mit schweren Verletzungen in das Krankenhaus von Carrick am Shannon eingeliefert wurde, wo er erst nach Wochen wieder aus dem Koma erwachte. Aber um die Geschichte schichte zu berichten, denn ohne sie erschiene vieles noch seltsamer, als es ohnehin klingt. Lord Pieter of Leitrim gehörte, wie der Name bereits vermuten lässt, dem irischen Landadel an. Der Sitz der Familie – bescheidener als ein Schloß, aber herrschaftlicher als eine herkömmliche Villa – lag im Nordwesten der Provinz von Connaught, einem langgestreckten, engen Bezirk, den vor allem seine schöne, im wesentlichen unkultivierte Landschaft auszeichnet. Das Land dort ist naß und unfruchtbar und besonders in der südlichen Flachlandebene von vielen Sümpfen durchzogen – ideale Brutstätten für Geister- und Gespenster-Geschichten, an denen Irland so reich ist. Im Norden wird ein hohes Plateau von engen steilen Tälern geteilt, durch die der Shannon fließt. Leitrim, eine Kleinstadt, liegt mittendrin und hat ein sanftes Klima. Der Herrensitz Derer von Leitrim lag jedoch in der Nähe des Städtchens Manorhamilton, genauer gesagt im Vorort Cornastauk, abgeschirmt von der Außenwelt durch einen eigenen kleinen Park, in welchem auch das Hausmeisterehepaar ein bescheidenes Haus bewohnte.

Lord Pieter diente seinem Vaterland im Ersten Weltkrieg im Range eines Hauptmanns im Suffolk-Regiment. Den Großteil des Krieges verbrachte er in Frankreich als Büchereikommandant eines militärischen Scheinflughafens. Seine einzige Kriegsverletzung zog er sich zu, als er auf der Flucht vor dem Scheinangriff einer deutschen Fliegerstaffel über einen Baumstumpf stolperte und sich dabei einen komplizierten Knöchelbruch zuzog, der ihn nach angemessenem Lazarettaufenthalt fürderhin wehrdienstuntauglich machte. Er beendete danach sein unterbrochenes Studium der Literatur- und der Altertumswissenschaft am altehrwürdigen Kings College und widmete sich anschließend ganz diesen beiden wenig lukrativen Zweigen der Geistesfakultäten mit Reisen zu den Geburtsstätten der abendländischen Zivilisation und ihren kulturellen Zeugnissen und durch den Ankauf von zahllosen literarischen Werken – weit mehr, als er je zu Lebzeiten zu lesen imstande sein würde. Seine beiden Leidenschaften teilte er auf die schönste Weise mit Lady Penny, wie er seine Frau Penelope liebevoll zu nennen pflegte, eine aus verarmtem polnischem Adel stammende französische Schönheit, die während seines Lazarettaufenthaltes seinen Genesungsprozeß als Krankenschwester so lange liebevoll begleitet hatte, bis er um ihre Hand anhielt. Ihre anfängliche scheinbare Schüchternheit gegenüber seinen erotischen Annährungsversuchen entpuppte sich leider erst nach der Hochzeit als Frigidität, die sich unter einem Mantel aus Prüderie verbarg. Intimitäten gestattete sie ihrem Mann konsequenterweise von Anfang an nur im Rahmen ihrer ehelichen Pflichten, die jeweils samstags zu nächtlicher Stunde in ihrem eigenen, abgedunkelten Schlafgemach in kürzester Zeit und in Seitenlage abgehandelt wurden – sehr zum ständigen Kummer ihres liebeshungrigen Gemahls. Trotzdem betete er sie an; was ihn am meisten an ihr entzückte: sie hatte, im Gegensatz zur Königin von Spanien, Beine bis oben hin.

43

Äußerlich führten sie eine ruhige, fast ausgeglichene Ehe, die allerdings kinderlos blieb, was beide jedoch wenig störte, da es ihnen mehr Bewegungsfreiheit verschaffte zur Befriedigung ihrer kulturellen Neigungen. Und seine Mitgliedschaft in der Britischen Archäologischen Gesellschaft ermöglichte ihnen den Zutritt zu antiken Grabungsstätten, die normalen Sterblichen unzugänglich blieben.

Dieser Lebenswandel im Müßiggang (man könnte auch sagen: im Rückwärtsgang) verursachte allerdings erhebliche Kosten, denen keine regelmäßigen Einnahmen aus beruflichen Tätigkeiten gegenüberstanden. Zudem verschlang die Instandhaltung des Anwesens erhebliche Mittel, und das Hausmeisterehepaar war unverzichtbar, waren die Beiden doch auch die guten Geister des Hauses: Sie sorgte als Haushälterin für Sauberkeit im Haus und für das leibliche Wohlbefinden der Lordschaft, er hielt das Anwesen „in Schuß", was so viel hieß, daß er alle anfallenden Reparaturen vornahm und notwendige Arbeiten in Absprache mit Sir Pieter organisierte und überwachte. Um all die Kosten decken zu können, verkaufte Lord Pieter im Laufe der Jahre zahlreiche Ländereien und Waldstücke, die zum Familienbesitz gehörten – leichten Herzens, da er keine Nachkommen haben würde und weil ihm so die lästige Verwaltung von Wald und Flur abgenommen wurde. Ihm missfiel die Umwandlung von Wald in Holz und die Umrechnung von Bäumen in Kubikmeter, und er haßte die Jagd und das waidmännische Getue und Gehabe vom *Halali* bis zum *Waidmannsdank*, mit dem die Jagdpächter ihre Lust am Töten ummäntelten und ritualisierten. Ihm war nicht bewusst, daß seine Reisen in die frühen Morgenstunden des Abendlandes in Begleitung seiner Gattin auch eine ständige Flucht aus der Gegenwart und den Realitäten des Alltags waren, die ihn umgaben. Seine persönliche Jagdleidenschaft, der er bei Gelegenheit frönte, war dem Gott Eros geweiht und beschränkte sich während seiner Studentenzeit auf das Flachlegen junger Schnepfen, seit seiner Ehe auf die Eroberung anderer Frauen und später auf das Tontaubenschießen.

*

Das gesellschaftliche und gesellige Leben von Lord und Lady Leitrim spielte sich in den Luxushotels ab, in denen sie auf ihren Reisen nach Möglichkeit abstiegen und von wo aus sie ihre Exkursionen und bisweilen auch anstrengende Expeditionen mit der Britischen Archäologischen Gesellschaft unternahmen. In besagten Nobelherbergen, vor allem in den Kolonien Ihrer Majestät, fanden sie stets sehr bald Anschluß an gelangweilte Müßiggänger, die für jede Abwechslung dankbar waren, selbst in Gestalt umherstreunender Hunde – vorausgesetzt, daß sie auf ihrem Niveau streunten. In der Öffentlichkeit zelebrierten beide das Schaulaufen der Paare meisterhaft, genossen die Bewunderung des jeweils anderen Geschlechts, achteten aber sorgsam darauf, daß der Andere beim Flirten nicht den Verlockungen der Verführung erlag. Lord Pieter hätte zwar seiner Gemahlin von Zeit zu Zeit durchaus eine kleine Liaison gegönnt, um sie von ihrer Prüderie zu heilen, aber die Eifersucht machte seine nicht uneigennützige Großmut letztlich immer zunichte. Allerdings strafte er jeden Mann mit Verachtung, der seiner Frau nicht den Hof machte, weil er das als eine Mißachtung ihrer Schönheit und ihres Charmes auffaßte. Von seiner Gattin wiederum erwartete er die gleiche Toleranz, die er wegen seines Handicaps verhindert war, ihr entgegenzubringen, doch ihre Eifersucht wurde durch nichts dergleichen zu-

45

nichte gemacht. Deshalb unterstellte sie stets das Schlimmste, wenn ihr Gatte mit einer Dame verschwand und nach einer gewissen Zeit mit unschuldiger Miene, aber zufriedenem Lächeln wieder auftauchte. Lord Pieter reagierte dann höchst verärgert, wenn sie seine Lügen nicht glauben wollte. In seinem tiefsten Inneren fühlte er sich gerechtfertigt durch ihre Frigidität und durch seine Erziehung zur Ritterlichkeit gegenüber dem weiblichen Geschlecht. Als Gentleman beherzigte er beim Minnedienst zwei Gebote, deren Übersetzung ins neudeutsche praesens profanum etwa lauten könnte: *Ein Mann schubst keine Lady von der Bettkante, nur weil er verheiratet ist*; zweitens: *Ein Mann schubst keine Lady von der Bettkante, nur weil SIE verheiratet ist.* Und während er noch der Dame, die ihm gerade ihre Gunst schenkte, seine Dankbarkeit bewies, indem er sich mit all seiner Manneskraft um ihr leibliches Wohl kümmerte, kümmerte sich sein stets forschender Geist bereits um das Alibi gegenüber seiner Gattin, um ihr alle Mühen auf der Suche nach der verlorenen Zeit zu ersparen.

*

Lord und Lady of Leitrim liebten nicht nur das Reisen; sie liebten auch ihr Herrenhaus mit seinen offenen Kaminen, reich ausgestattet mit antiken englischen Möbeln, wertvollen Gemälden alter Meister, und mit wertvollen orientalischen Teppichen versehen. Jeder der beiden verfügte über seine eigene Bibliothek, sein eigenes Schlafgemach und sein eigenes Bad; nur das Esszimmer war die regelmäßige tägliche Begegnungsstätte – abgesehen von den Besuchen, die Lord Pieter jeden Sonntag Morgen Lady Penelope in ihrem Schlafgemach abstatten durfte. Dort fand sodann der eheliche Beischlaf statt – in paralleler Seitenlage und streng katholisch allein dem Zwecke der Fortpflanzung dienend; doch ihre gymnastischen Übungen blieben dynastisch folgenlos.

Man kleidete sich zu jeder Tageszeit so, als erwarte man offiziellen Besuch oder beabsichtige selbst einen solchen. Dabei war der Umgang zwischen den beiden völlig ungezwungen und alles andere als steif. Allerdings versuchte sie ihn ständig aber vergebens zu bremsen, schlüpfrige Bemerkungen gerade dann zu machen, wenn ihnen das Essen serviert wurde.

Im übrigen führten beide ein sehr zurückgezogenes Leben. Ihre Kontakte zur näheren Umgebung beschränkten sich auf das Notwendigste und man sah sie weder in irgendwelchen Clubs noch Pubs. Die Einkäufe erledigte die Haushälterin mit einem alten Kombi, um alles andere kümmerte sich deren Mann, der Hausmeister. Am meisten erfuhr man vom Briefträger, der seine spärlichen Beobachtungen anlässlich seiner seltenen Besuche bei der Lordschaft später im Pub gern mit zahlreichen Ausschmückungen versah, um sich interessant zu machen. Aber das allgemeine Interesse an seinen Berichten erlahmte allmählich, da seine Erzählungen sich im Wesentlichen wiederholten.

*

Als Lord und Lady Leitrim anläßlich ihrer Silbernen Hochzeit zu der Feststellung gelangten, daß ihnen wohl kein Nachwuchs mehr beschieden sein werde, begann Sir Pieter sich Gedanken zu machen um die Zeit „danach", wobei er seinen aufgeklärten Geist mit seinem irischen Glauben an Geister und Gespenster zu versöhnen sich bemühte. Verständlicherweise wollte er auch von den Annehmlichkeiten seines diesseitigen Lebens so viel wie möglich in das Jenseits hinüberretten.

Die Überlegungen, die er hierzu anstellte, kreisten um die folgenden zwei Fragen: Da wir keine Erben haben, gibt es auch nichts zu vererben; was also hindert uns daran, in unserem Haus, das wir so lieben, auch nach dem Tod zu bleiben? Und die vielen Bücher, die wir ungelesen zurück lassen müssen – wäre es nicht möglich, daß wir sie auch noch nach unserem Tod lesen können, falls wir als Geister in unserem Haus weiter existieren? Was hier in Irland ja durchaus möglich wäre!

Die Folgerungen, die er aus seinen Überlegungen zog, überzeugten nicht nur ihn selbst, sondern fanden auch die Zustimmung seiner Gemahlin, die wie die meisten Frauen, allem Okkulten zugetan war. Und so verfügten sie testamentarisch die Umwandlung des Herrenhauses nach ihrem Tod in ein Mausoleum: Ihre beiden Körper sollten in zwei offenen Särgen nebeneinander im Keller aufgebahrt werden. Auch sollten sämtliche Türen im Haus geöffnet bleiben. Der Hausmeister müsse jedoch persönlich alle Außentüren und Fenster des Herrenhauses von außen zumauern und verputzen, um jegliche Einlassmöglichkeit für unliebsame Eindringlinge auszuschließen. Das Hausmeisterehepaar selbst erhielt Wohnrecht im Nebenhaus bis ans Lebensende.

Lord und Lady of Leitrim schauten erleichtert in ihre Zukunft post mortem, nachdem sie dies als gemeinsames Testament aufgesetzt, unterschrieben und versiegelt hatten. Doch eine Frage blieb unausgesprochen, weil beide keine Antwort darauf wussten: Wie sollte das Ganze gelingen, wenn einer vor dem anderen starb?

Das Schicksal löste das Problem ganz unbürokratisch mit Hilfe der modernen Technik: Nach der Rückkehr von ihrer Goldenen Hochzeitsreise raste auf der Fahrt vom Flughafen Dublin ein deutscher Tourist mit seinem Mietwagen, den englischen Linksverkehr vergessend, in einer unübersichtlichen Kurve den

beiden Heimkehrenden frontal entgegen mit den eingangs ge-
schilderten Folgen. (Manch einer wird einwenden, daß es sich
bei diesem Unfall um puren Zufall handelte; dem ist entgegen-
zuhalten, daß auch der Zufall sorgfältiger Vorbereitung bedarf,
wenn er zu einem überzeugenden Ergebnis führen soll. Andere
werden von göttlicher Fügung sprechen, was ich für eine Über-
forderung Gottes halte, weil er sich nicht um jeden Kleinkram
selbst kümmern kann. Ich will die Diskussion dieser neben-
sächlichen Frage nicht vertiefen, weil das den Fortgang unserer
Geschichte verzögern würde. Was hier allein zählt, ist das oben
geschilderte Resultat, und das war in diesem Fall sehr eindeutig, nämlich zweieinhalb Tote.)

*

Lord und Lady of Leitrim wurden unter großer Anteilnahme
der Bevölkerung aus der ganzen Gegend feierlich zu Grabe
getragen – in ihren Herrensitz; zur Verblüffung Vieler, aber in
vollem Einvernehmen mit all denen, die irischen Blutes waren
und der Christianisierung dank ihres keltischen Panzers im
Innersten erfolgreich widerstanden hatten. Der Hausmeister
versiegelte die Hauseingänge, wie die Herrschaften es testamentarisch vorgesehen hatten; außerdem sorgte er dafür, daß
am Hauseingang entsprechend ihrem Wunsche eine große
Marmorplatte angebracht wurde mit der Grabinschrift:
Hier ruhen Lord & Lady of Leitrim
Im Tode wie im Leben glücklich vereint.
Allerdings ließ er sich mit dem Zumauern der Fenster viel Zeit
– und beschränkte sich auch nur auf das Erdgeschoß, wo sich
Esszimmer, Küche und sonstige Wirtschaftsräume befanden.
Für die obere Etage hätte er erst ein Gerüst besorgen und auf-
stellen müssen, und auch das Hinaufschleppen der Steine und

49

des Mörtels schien ihm die Mühe nicht Wert. Das Geld, das seine Lordschaft für diese Zwecke hinterlassen hatte, schien ihm besser im Pub aufgehoben, zu dessen Dauerkunde er sich sehr bald entwickelte, da er nun arbeitslos war und es niemanden mehr gab, der ihm Befehle erteilte und dem er gehorchen musste. Seine Frau – nun ebenfalls ohne geregelten Pflichtenkatalog – widmete ihre neu gewonnene Freiheit und die zunehmende Abwesenheit ihres Mannes der Pflege ihrer seit Jahren bestehenden außerehelichen Beziehung. Schließlich verließ sie ihren Mann ganz, was diesem als Vorwand diente, sich gänzlich dem Alkohol und dessen Vernichtung zu widmen.

*

Als Lord und Lady of Leitrim nach ihrem Hinscheiden beim ersten Vollmond um Mitternacht in ihren Särgen erwachten, war ihr Erstaunen zunächst groß, daß sie tatsächlich wieder aufgewacht waren.

Sie erhoben sich und sahen sich gegenseitig an – verwundert und ungläubig, daß alles so geschah, wie sie es sich gewünscht und vorgestellt hatten – und doch auch ganz anders: Ihre Körper lagen nach wie vor in den offenen Särgen, während sie leicht und durchsichtig wie Gaze emporschwebten. Zunächst erschraken sie beim Anblick des anderen, denn selbst unter dem Schleier sah man, daß ihre Gesichter grau und eingefallen waren. Dennoch bewegten sie sich schweigend aufeinander zu und wollten einander umarmen. Aber das ging nicht. Ihre wehenden Schleier durchdrangen sich ohne Widerstand und lösten sich wieder, schwebend und schwerelos. Erst jetzt erkannte Lord Pieter, daß er den irdischen Freuden der Minne auf ewig entsagen musste, und aus Kummer darüber hätte er laut heulen mögen wie ein Wolf, doch er beherrschte sich und heraus kam lediglich ein leises Knurren.

Ratlos schauen die beiden sich an, schweigend und traurig. Lord Pieter fasste sich als Erster:

„Wie schön, Dich wieder zu sehen! Ich bin sehr glücklich", log er.

„Ich auch!", flüsterte sie. „Aber was ist das für ein bestialischer Gestank?"

„Ich glaube, das sind unsere Körper, die in Verwesung übergehen!"

„Ja, Du hast recht, es ist Leichengeruch! Pfui Teufel, nichts wie weg von hier!"

„Laß uns nach oben gehen", schlug er vor.

Statt zu gehen, schwebten sie die Treppe hoch und schlugen den Weg zu ihren Bibliotheken in der oberen Etage ein. Doch der Geruch verfolgte sie dank der offenen Türen. Oben angekommen, schauten sie sich zunächst nur um, wie um nachzusehen, ob noch alles so sei, wie sie es bei Reiseantritt verlassen hatten. Im hellen Schein des Mondlichts stellten sie zufrieden fest, daß noch alles an seinem Platz war. Lady Penelope griff nach einem Buch, das offen auf dem kleinen Teetisch lag, an dem sie so gerne vor dem Kamin las. Aber das Buch ließ sich nicht greifen; ihre Hand hatte keine Kraft, es zu halten. Sie erschrak: sie konnte nicht einmal Seiten umblättern. Fassungslos starrte sie ihren Mann an, der ihr zugeschaut hatte.

„Hilf mir, ich schaffe es nicht alleine."

Er bemühte sich ebenso vergeblich.

Schließlich, resignierend: „Ich glaube, diese Hoffnung müssen wir begraben." Dann, wie zur Entschuldigung, fügte er hinzu:

„Wenn die Fenster zugemauert sind, werden wir ohnehin nicht lesen können."

Erst jetzt war ihm bewusst geworden, daß sie mit dem Zumauern der Fenster auch das Mondlicht als einzige mögliche Lichtquelle ausgesperrt hatten – nicht ahnend, daß der pflichtvergessene Hausmeister sich dieser Aufgabe entzogen hatte.

Beide verfielen in trauriges Schweigen. Sie ließen sich auf den schweren Ledersesseln nieder, in denen sie sich so oft an einem der Kamine gegenüber gesessen und miteinander über die Bücher diskutiert hatten, die sie gerade lasen. Alles war wie damals; nein: *nichts* war mehr wie damals.

„Mir ist kalt", flüsterte sie nach einer Weile.

„Ja, es ist kalt hier. Und Feuer können wir auch nicht machen."

„Was sollen wir nur tun?"

„Ich weiß es nicht", antwortete er, „ich muß nachdenken."

Er dachte angestrengt nach, aber ihm fiel nichts Vernünftiges ein.

„Ich hätte jetzt Lust auf ein Fleisch-Fondue." Es sollte witzig sein, aber es machte seine Frau nur noch trauriger.

„Laß uns in die Küche gehen; vielleicht finden wir dort etwas Essbares", versuchte er es noch einmal.

„Ich glaube nicht, daß das eine besonders gute Idee ist", erwiderte sie.

Doch er schwebte los und sie folgte ihm apathisch. Natürlich wusste er, daß es umsonst sein würde, daß Hunger nur noch eine Einbildung sein konnte und er nie mehr zu essen brauchte.

Die Küche lag dank des zugemauerten Fensters im Dunkeln und nur ein spärlicher Rest des Mondlichts drang über den Flur herein. Lady Penelope versuchte Licht zu machen, aber der Lichtschalter gab nicht nach.

„Wir haben keinen Strom mehr, Liebste!", erklärte er ihr.

„Ach ja, ich vergaß", erwiderte sie hastig.

Immerhin: die Küche wirkte aufgeräumt, kein Geschirr stand herum, der Kühlschrank, abgetaut, stand offen und war leer. Eisige Stille umgab sie. Nur der Wasserhahn über dem Spülbecken tropfte langsam und monoton, wie er es schon früher oft getan hatte, wenn die Haushälterin ihn nicht fest genug zugedreht hatte. In Lady Penelope stieg wehmütig die Vorstellung auf, wie die Frau vor ihren Augen in der Küche mit Töpfen und Pfannen hantierte und dabei irische Volkslieder zu trällern pflegte, wenn sie nach den Einkäufen in der Stadt auch bei ihrem Liebhaber gewesen war – einem Witwer, der als Steuerberater seiner Lordschaft hin und wieder in das Herrenhaus kam und dort seine neue Liebe entdeckt hatte, die er zu gerne ganz für sich gehabt hätte. Lady Penelope wusste von der Affäre und bewahrte das Geheimnis in weiblicher Solidarität mit ihrer Haushälterin sowohl vor dem eigenen Mann wie vor dem gehörnten Hausmeister. Sie billigte die Liaison zwar nicht, aber sie missbilligte sie auch nicht, denn dann hätte sie Konsequenzen zum eigenen Nachteil ziehen müssen.

Sie seufzte tief angesichts der trostlosen Ruhe, die jetzt hier herrschte, dann kehrten beide zurück zu den zwei Ledersesseln, auf denen sie sich momentan am wohlsten fühlten.

„Wie lange werden wir diesen schrecklichen Geruch ertragen müssen?", fragte sie ihren Mann.

„Ich habe keine Ahnung", erwiderte er. „Wir müssen uns gedulden, bis unsere Körper ganz verwest sind."

Wieder verfielen sie in langes Schweigen. Schließlich sagte sie: „Ich bin müde. Laß uns nach unten gehen".

„Ja", antwortete er, „ich glaube, das ist das Beste."

Sie schwebten hinab in den Keller und winkten einander noch einmal wortlos zu, bevor sie sich in ihre Särge schlafen legten, vereint mit ihren toten, stinkenden Leibern.

*

Als Lord und Lady of Leitrim in der nächsten Vollmondnacht vier Wochen später wieder erwachten, war von ihren Körpern nur noch das Knochengerüst übrig geblieben und der üble Geruch hatte sich weitestgehend verflüchtigt. Erleichtert entstiegen sie ihren Särgen und versuchten erneut und ebenso vergeblich wie beim ersten Mal, einander zu umarmen. Trotzdem waren sie glücklich und freuten sich, wieder zusammen zu sein. Sie schwebten durch das ganze Haus und stellten verwundert fest, daß bisher nur die Räume im Erdgeschoß verdunkelt waren. Immer wieder stießen sie im Dunkeln gegen Möbel oder stolperten über Gegenstände, obwohl sie sich an ihrem üblichen Platz befanden. Deshalb schwebten sie bald in die obere Etage - dankbar für jeden Mondenstrahl, der in die Räume fiel und ihnen Licht spendete. Dort blieben sie die ganze restliche Zeit in ihren kalten Ledersesseln vor dem kalten Kamin und plauderten miteinander, wie sie es auch zu Lebzeiten getan hatten. Es blieb ihnen ohnehin nur eine Stunde, bis sie wieder in ihre Särge zurückkehren mussten. Aber sie spürten diesmal auch schon bald, wie sehr der einstündige Aufenthalt sie anstrengte und wie schnell sie deshalb müde wurden. Und sie erkannten, daß sie die vier Wochen Schlaf brauchten, um sich von der Anstrengung des Herumgeisterns wieder zu erholen.

Als sie sich diesmal von einander trennen mussten, waren sie weniger traurig als beim ersten Mal, wussten sie doch, daß sie sich bald wieder treffen würden und die vier Wochen so schnell verstreichen würden, als wären es nur vier Tage oder vier Stunden oder vier Minuten, weil Zeit keine Bedeutung mehr für sie hatte.

*

Als Lord und Lady Leitrim das nächste Mal ihren Särgen entstiegen, stellten sie mit noch mehr Verwunderung fest, daß die Fenster der oberen Räume immer noch nicht zugemauert waren. Sir Pieter wusste nicht, ob er sich ärgern sollte über das unbotmäßige Verhalten des Hausmeisters oder ihm dankbar sein sollte dafür. Schließlich half ihm seine Frau bei der Entscheidung.

„Hab bitte Nachsicht mit ihm. Er ist schon gestraft genug und uns tut er damit einen größeren Gefallen, als wenn er die Arbeit auftragsgemäß ausgeführt hätte!"

„Wieso ist er genug gestraft?", wollte Lord Pieter wissen.

„Jetzt kann ich es Dir ja sagen: Seit Jahren betrügt ihn seine Frau."

Sir Pieter schmunzelte: „Das ist mir bekannt, aber ich wusste nicht, daß auch Du es gewusst hast".

„Sie hat sich mir anvertraut. Wie hast Du es denn erfahren?", fragte sie ungläubig.

„Durch ihren Liebhaber – und wie so oft im Leben, führte der Zufall Regie dabei. Aber das ist eine andere Geschichte."

„Nur zu, ich möchte es genau wissen", insistierte sie.

„Nun gut, wenn es Deine Neugier befriedigt: Ich weiß nicht mehr, aus welchem Anlaß ich damals eines Nachmittags in die Stadt fuhr; jedenfalls nahm ich ein paar Akten für unseren Steuerberater mit, da mich der Weg ohnehin in seine Gegend führte. Erst nach mehrmaligem Klingeln öffnete er mir – zu meiner Verwunderung im Morgenmantel. Er schien etwas nervös, und anstatt mich üblicherweise herein zu bitten, nahm er

55

mir die Akten noch im Flur ab. Dabei fiel mein Blick auf einen Mantel, der an der Flurgarderobe hing: Es war ein Mantel von Dir, den Du kurz zuvor unserer Haushälterin geschenkt hattest. Verblüfft und ganz spontan sagte ich: „Das ist doch…" – aber als ich das erschrockene Gesicht des guten Mannes sah, hielt ich inne und holte erst einmal tief Luft. Er murmelte irgend etwas Unverständliches. Inzwischen hatte ich mich wieder gefasst. „Ich habe nichts gesehen", sagte ich zu ihm, „außerdem geht es mich auch nichts an". „Ich danke Ihnen", erwiderte er und brachte mich zur Haustür. Damit war die Angelegenheit erledigt; wir haben nie wieder darüber gesprochen."

Beide waren erschöpft – er vom Hinabtauchen in die lebendige Vergangenheit, sie vom konzentrierten Zuhören. Fröstelnd beschlossen sie, sich aus dem kalten Zimmer in ihre offene Gruft zurückzuziehen, um sich von der Strapaze auszuruhen. Und so kehrten sie in ihre Särge zurück und winkten einander zum Abschied zu, so wie sie es bisher jedes Mal getan hatten – stumm und traurig.

*

Im Laufe der nächsten Monate wurde ihnen klar, daß die Fenster der oberen beiden Etagen wohl niemals zugemauert werden würden. Doch der damit verbundene Zugewinn an „Lebensqualität" brachte ihnen keinen Nutzen: traurig schauten sie auf ihre Bücher, die sie nicht lesen konnten, während sich ihr Vorrat an Gesprächsstoff und gemeinsamen Erinnerungen allmählich erschöpfte. Lady Leitrim wurde jedes Mal trauriger und ihrem Manne gelang es bald nicht mehr, sie aufzumuntern. Schweigend und fröstelnd saßen sie sich in ihren Bibliotheken am kalten Kamin gegenüber und er musste mit ansehen, wie seine Frau stumm und tränenlos weinte, ohne sie trösten zu können.

Aus den Monaten wurden Jahre und das Haus begann zu verfallen. Erst wurde das Dach undicht und es regnete herein. Die Möbel fingen an zu vermodern, die Bücher wurden schimmelig und verfaulten allmählich, und aus dem Keller stieg zusätzlich Feuchtigkeit empor. Schließlich stürzte der Dachstuhl ein und bei jedem Regen bildeten sich Pfützen überall. Die Scheiben zerbrachen nach und nach und im Winter wehte ein eisiger Wind durch das ganze Haus. Lord und Lady of Leitrim wussten nicht, wo sie sich noch geschützt aufhalten konnten. Lady Penelope wollte schließlich nicht mehr aus ihrem Grab aufstehen, aber auch der Sarg zerfiel, so wie der ihres Mannes. Von nun an waren sie gezwungen, unbehaust durch das Haus zu geistern – ruhelos und verzweifelt.

Nach Ablauf der gesetzlichen Schamfrist schrieb die Gemeinde pflichtgemäß den Abriß des Herrenhauses aus, aber es fand sich kein Unternehmen, das dazu bereit war – sei es aus Respekt vor den ehemaligen Bewohnern, sei es aus Pietät vor dem Bestattungsort, oder sei es aus Angst vor den Toten. Denn in Leitrim und Umgebung erzählte man sich, daß Lord und Lady of Leitrim noch immer in der Ruine als Gespenster herumgeistern würden; und in Vollmondnächten könne man ihr Wehklagen hören, und ihr Flehen nach Erlösung aus ihrem Schattendasein. Einige behaupteten gar, deutlich das Heulen eines Wolfes gehört zu haben.

Das fremde Huhn

Blacky, der schwarze Hahn auf dem Gutshof, blinzelte noch leicht verschlafen in den morgendlichen Himmel und wollte gerade zum ersten Hahnenschrei ansetzen, denn heute war er turnusmäßig an der Reihe – ausgerechnet am Sonntag!

Doch der Schrei blieb ihm im Halse stecken.

Da lag, nein da räkelte sich in den ersten Strahlen der aufgehenden Sonne, am anderen Ende des Hofes, ein fremdes Huhn. Sein rotglänzendes Gefieder schimmerte im Morgenlicht fast wie Gold.

Blacky starrte es an. Aufgeregt scharrte er auf dem Kopfsteinpflaster des Hofes, ohne Halt unter den Krallen zu bekommen, so daß er sich krampfhaft um Haltung bemühen musste anstatt Respekt einzuflößen.

Das fremde Huhn sah seinen Veitstanz und lachte laut auf:

„Einen schönen guten Morgen!", rief es ihm zu. „Wo bin ich hier?"

Blacky war zu überrascht und verwirrt, um wütend werden zu können.

„Auf unserem Hühnerhof – ich meine: Gutshof!", stotterte er.

Das Huhn lachte: „Das sehe ich. Ich möchte wissen, wie der Ort heißt."

Das war zu viel für Blacky. Seit seiner Geburt war er hier und hatte sich nie um den Ortsnamen gekümmert. Alle seine Hennen waren von hier und noch nie hatte eine ihn nach dem Namen gefragt oder besser: gewagt, ihn danach zu fragen. Dies war ihr Hühnerhof; hier hatten sie ihre Eier zu legen und die auszubrüten, die ihnen nicht weggenommen wurden, basta. Was sollte diese neugierige Fragerei?

Blacky wollte nun endgültig wütend werden, um seine Autorität zu wahren (oder wiederherzustellen), aber es wollte ihm nicht gelingen. Dies verdammte Huhn hatte etwas, das ihn aus der Fassung brachte. Ihre Stimme, die Farbe ihres Gefieders…
Wo kam sie überhaupt her? Und was wollte sie hier?

Doch anstatt die Gegenfragen laut zu stellen, krächzte Blacky halblaut nur etwas Unverständliches, das nach einer Antwort auf ihre Frage klingen sollte, weil er sich nicht die Blöße der Unwissenheit geben wollte.

„Wie?", fragte das Huhn zurück, weil es in der Tat nichts verstehen konnte: „Wie heißt das Dorf?"

Erst Ort, jetzt Dorf – Blacky wurde ganz schwindelig bei diesen vielen neuen Wörtern, die er noch nie gehört hatte. Das fremde Huhn wurde ihm immer unheimlicher.

Dann kam ihm die erlösende Idee.

„Das sag ich dir erst, wenn du mir sagst, wie du heißt und woher du kommst!"

Er plusterte sich so selbstbewusst auf, wie er nur konnte. Aber das Huhn lachte laut auf, daß es Blacky heiß über die Schwanzfedern lief:

„Benimmt man sich so gegenüber einem fremden Gast? Etwas mehr Höflichkeit, wenn ich bitten darf!".

Blacky stutzte. In ihrer Stimme lag bei aller Freundlichkeit ein scharfer Unterton. So etwas war ihm noch nie widerfahren. Und das auf seinem Hühnerhof! Was war nur mit diesem Huhn los? Er hatte sich in eine schwierige Lage manövriert, aus der er keinen Ausweg ohne Autoritätsverlust wusste. Oder sollte er sie einfach vom Hofe verjagen, um seine Ruhe zu haben?

Es musste etwas geschehen.

Während Blacky noch überlegte, beschäftigte sich das Huhn damit, ihr Gefieder zu putzen und mit dem Schnabel die flaumigen Federn an ihrem Pürzel sanft zu striegeln.

Blacky sah es und war zu keinem klaren Gedanken mehr fähig. Scheiß' auf die Autorität, dachte er bei sich, protzte kurz ab und marschierte gravitätisch auf das unbekannte Huhn zu, ohne zu wissen, wie es weiter gehen sollte.

Als er auf wenige Schritte an sie heran gekommen war, schaute sie auf und lächelte ihn aus großen, tiefschwarzen Augen an, so daß Blacky nun überhaupt nicht mehr wusste, was er wollte oder tun sollte. Vor lauter Verlegenheit machte er mehrere unbeholfene Kratzfüße. Schließlich verbeugte er sich linkisch:

„Gestatten, mein Name ich Blacky".

„Sehr angenehm!", erwiderte das Huhn mit warmer Stimme: „Es freut mich, Ihre Bekanntschaft zu machen!"

Blacky schmolz dahin und merkte gar nicht, daß das Huhn seinen eigenen Namen immer noch nicht verraten hatte. Er war erst einmal stolz auf sich, mit welcher Gewandtheit er die Situation sozusagen „in die Krallen" bekommen hatte, indem er genau den richtigen Ton gegenüber dieser Dame getroffen hatte. Denn daß sie eine Dame sein musste, darauf ließ nach Blackies Ansicht ihr ganzes Verhalten und ihre gewählte Ausdrucksweise schließen. Sicherlich hatte auch er sie beeindruckt, denn…

„Schön ist es hier", unterbrach das Huhn Blackies stumme Selbstbeweihräucherung.

Blacky suchte angestrengt nach einer Erwiderung, die ebenso gewählt wie unverbindlich klingen sollte.

„Ach ja, man kann nicht klagen!"

Er hatte gar nicht gewusst, wie gut er Konversation machen konnte. Blacky war schon wieder sehr zufrieden mit sich.

Das Huhn lachte: „Als Hahn oder als Huhn?"

„Wie?" fragte Blacky verdutzt zurück.

„Hat man als Hahn oder als Huhn hier nichts zu klagen?"

„Ach so – na ja. Ich meinte das ganz allgemein."

Irgendwie schaffte es dies verdammte Huhn, ihn immer wieder in die Defensive zu drängen; es war zum Eierlegen.

Blacky machte einen erneuten Anlauf, mit noch mehr Imponiergehabe die Führung zurück zu gewinnen.

„Darf ich Ihnen den Hof zeigen?"

Er wagte nicht mehr, sie zu duzen. Vielmehr verlegte er sich jetzt auf ausgesuchte Höflichkeit und Förmlichkeit, aber nicht ohne Arglist. Nicht ohne Grund nannte man ihn überall den „scharfen Blacky" und böse Zungen behaupteten gar, nicht einmal die Kaninchen auf dem Gutshof seien vor ihm sicher.

Überall war der scharfe Blacky unbeliebt. Denn klein und mickrig, wie er war, führte sein Minderwertigkeitskomplex dazu, daß er bösartig auf alles reagierte, was ihn seiner Meinung nach in den Augen seiner Hennen lächerlich machen konnte. Doch an Potenz übertraf er alle. Besonders der Haupthenne wurde es manchmal zu viel; aber andererseits…

Auch der Gutsherr konnte ihn nicht mehr ausstehen, seitdem die Gutsherrin in letzter Zeit mehrfach Bemerkungen gemacht hatte wie, er solle sich mal ein Beispiel an seinem Hahn nehmen.

Das Huhn schenkte ihm ihr bezauberndstes Lächeln:

„Ich bin entzückt; aber wollen wir uns nicht duzen – Blacky? Ich darf doch Blacky sagen, oder?"

Blacky schwoll der Kamm. Teufel, welch ein Weib; und das mir, dachte er bei sich. Laut sagte er: „Es ist mir eine Ehre und ein Vergnügen – aber ich weiß deinen Namen noch immer nicht, noch woher du kommst".

„Ach, das macht nichts", lachte das Huhn. „Du weißt doch: Name ist Schall und Rauch; oder kennst du das Land, wo die Zitronen blühen?"

Blacky wusste nicht und kannte nicht. Mit dem Namen „Schall und Rauch" wusste er nichts anzufangen und von einem Land, in dem die Zitronen blühen, hatte er noch nie gehört. Also lachte auch er, um sich keine erneute Blöße zu geben. Er war jedoch angenehm überrascht, wie gut er sich mit diesem Huhn, das offenbar eine Ausländerin war, zu verständigen vermochte. Bei aller Bescheidenheit, die ihm sonst völlig fremd war, konnte Blacky nicht umhin, von sich zu glauben, er sei ein Sprachgenie, was nur aus Mangel an Gelegenheit ihm bisher verborgen geblieben war.

Blacky kam immer mehr ins Flattern. Was sich da heute abspielte überstieg sein Fassungsvermögen. Flügelschlagend stolzierte er vor dem unbekannten Huhn her und zeigte ihr alle Sehenswürdigkeiten auf dem Hof – den großen Misthaufen, die Kuh- und Schweineställe, deren Bewohner sich allerdings wenig interessiert zeigten, dann vorsichtig an der Hütte von Bello vorbei, der noch zu schlafen schien – und noch vorsichtiger am Hühnerstall entlang, weil Blacky nicht schon jetzt irgendwelche Szenen heraufbeschwören wollte…

Das fremde Huhn bemerkte Blackies Unsicherheit angesichts der pikanten Situation und schaute ihn herausfordernd an. Blacky wurde ganz strubbelig von dem Blick und ermutig balzte er vor ihr her in Richtung Scheune. Hier pflegte er stets mit einer seiner Hennen zu gemeinsamen Schäferstündchen zu verschwinden.

Das fremde Huhn schien zu ahnen, warum Blacky dies Ziel als letzte Station der Besichtigungstour ansteuerte.

Zum ersten Mal ließ Blacky einem Huhn den Vortritt beim Betreten der Scheune. Und zum ersten Mal sah er jetzt ihren prallen Hintern und ihre schlanken Hühnerschenkel, an denen sein Blick hochglitt zu ihrem in zarten Flaum gehüllten Pürzel, der sich vorstreckte, als sie sich bücken musste, um durch das Loch im geschlossenen Scheunentor ins Innere zu gelangen.

Blacky wurde beim Anblick ihres Hinterteils dermaßen erregt, daß er sich kaum noch zu beherrschen wusste. Im Dämmerlicht der Scheune schubste er die Fremde ungeduldig vor sich her, die es mit kleinen, spitzen Gurrlauten ohne großen Widerstand geschehen ließ, bis er sie zu einer Mulde im Heu bugsiert hatte, die im vollen Schein des schräg hereinfallenden morgendlichen Sonnenlichts lag.

Scheinbar erschöpft ließ sich das fremde Huhn nieder und räkelte sich so genüsslich, wie Blacky es bei ihrer Entdeckung bereits wahrgenommen hatte.

„Ist das ein schönes Plätzchen", gurrte sie wohlig. „Ein richtiges Liebesnest!".

Blacky stieg das Blut in dem Kamm. Ungeniert, fast amüsiert fuhr sie fort: "Könnte es sein, daß hier junge Hühner zu Hennen werden?"

„Du hast es erraten!", gurrte Blacky, diesmal selbstgefällig; hier war er in seinem Element.

„Und wie machst du das?", fragte sie scheinheilig.

„Weist du das wirklich nicht?", fragte Blacky verblüfft zurück.

„Nein – woher soll ich wissen, wie *du* es machst?"

Blacky hatte endlich kapiert.

„Sooo!", krähte er laut und stürzte sich auf sie.

Er sprang auf ihren Rücken, krallte sich in ihren Flügeln fest, die sie bereitwillig spreizte, und pickte ihr in die Nackenfedern. Sie streckte ihre Schenkel breit aus und bog ihm ihren Pürzel entgegen. Wild flatternd drang er in sie ein, wild fuhren seine Krallen in ihr Gefieder. Sie schloß die Augen und gurrte sinnlich und ließ ihn gewähren, bis er erschöpft von ihr abließ.

Heftig atmend lagen sie beide da, aber nach kurzer Erholungspause besprang Blacky sie erneut, halb verrückt vor Begierde nach diesem sinnlichen Körper aus samtweichen Federn, in die er voller Wollust seine Krallen schlug und mit seinem Schnabel hineinpickte, während sie unter ihm mit gekrätschten Schenkeln lag und ihm rhythmisch ihren Pürzel entgegenstreckte, um ihn voll aufzunehmen, ja aufzusaugen, wenn sein Samen hineinschoß.

Sie wiederholten ihr Liebesspiel bis zur völligen Erschöpfung.

Erst die Schläge von der nahe gelegenen Kirchturmuhr ließen Blacky erschrocken hochfahren.

„Oh mein Gott, das darf nicht wahr sein!", rief er bestürzt aus. „Ich habe ja heute noch keinen Hahnenschrei getan!"

Hastig rappelte er sich hoch und torkelte aus der Scheune hinaus zum Misthaufen, kraxelte mit letzter Kraft hinauf und schrie so laut er noch konnte.

Seltsamerweise war ringsum noch alles ruhig, obwohl er sich um eine volle Stunde verspätet hatte.

Tatsächlich hatte er Glück. Denn was Blacky nicht wusste (und auch nie verstehen würde): Just in dieser Nacht waren alle Uhren um eine Stunde zurückgestellt worden, weil die Winterzeit begann.

Blacky wunderte sich nicht lange, sondern rutschte vom Misthaufen herab, um rasch seine Hühner aus dem Stall zu treiben.

„Los, runter von der Stange mit euren fetten Ärschen!", schrie er sie an. „Macht, daß ihr raus kommt, faules Pack!"

Erschrocken stoben sie, aufgeregt gackernd, durcheinander. Federn flogen durch die Luft.

„Es sieht hier aus wie im Schweinestall und riecht wie im Puff!", schrie Blacky.

„Du musst es ja wissen, Mistkerl!", kreischte die alte Henne.

Blacky versuchte ihr nachzurennen: „Warte, ich werde dir zeigen, wer hier ein Mistkerl ist, dumme Glucke!".

Aber er torkelte mehr als er lief – und verschwand klammheimlich so schnell er konnte wieder in der Scheune, wo er keuchend in die warmen, weit geöffneten Flügel seiner neuen Favoritin sank, die amüsiert lachte und ihn sanft hätschelte, bis er erschöpft einschlief.

Den ganzen Tag blieb Blacky verschwunden und kein Huhn traute sich, nach ihm zu suchen, nicht einmal die alte Henne – obwohl alle nicht ohne Grund vermuteten, daß er wie üblich in der Scheune irgendeine Schweinerei treibe.

Erst als die Sonne unterging, kam Blacky wieder zum Vorschein. Allein.

Er bemühte sich um besonders gravitätische Haltung, aber er war zu schwach auf den Beinen, um überzeugend zu wirken. Seine Hühner murrten, was ihn sogleich in Rage versetzte.

„Macht, daß ihr in euren Pferch kommt, sonst geb' ich euch die Sporen!", kreischte er sie an, und mit geduckten Köpfen rannten sie, wie ihnen befohlen, die Hühnerleiter empor ins Hühnerhaus.

Als alle drin waren, kam Blacky, um nachzuzählen, während sie mucksmäuschenstill auf ihren Stangen saßen. Da er nicht einmal bis Zehn zählen konnte, beschränkte er die Vollzähligkeitskontrolle jeweils auf die Frage, ob jemand fehle.

„Ich gehe jetzt zum Stammtisch, und hier herrscht Ruhe, verstanden?"

Niemand muckste sich, selbst die alte Henne zog es vor, ihren Schnabel zu halten.

Draußen hörten sie Blacky die Hühnerleiter herunterstolpern und dabei fluchen. Es war die einzige Befriedigung, die sie an diesem Tag hatten, bevor sie einschliefen.

*

Als Blacky zum Stammtisch kam, waren die übrigen Hähne des Dorfes schon versammelt und empfingen ihn mit ihren Flügeln Beifall klatschend.

„Bravo, Blacky!", krähten einige von ihnen.

Blacky wurde ganz verlegen und sein Kamm ganz rot; woher wussten sie? was wussten sie?

„Blacky, wir haben dich offensichtlich unterschätzt", meinte einer der Hähne (der Charly war's): „Woher hast du nur gewusst, daß heute die Winterzeit beginnt?".

Blacky stutzte, wie immer, wenn er etwas nicht begriff.

Winterzeit? Was sollte denn das heißen? Spielte denn heute alles verrückt?

Allmählich dämmerte es ihm. Winterzeit, Sommerzeit… das hatte irgend etwas mit Zeitverschiebung zu tun – oder so etwas ähnliches.

Er lächelte weise: „Kennt Ihr das Land, wo die Zitronen blühen?"

Die umstehenden Hähne schauten einander ratlos an.

„Komm, trink erst mal was. Du siehst ja ganz mitgenommen aus. Hattest heute wohl Minnedienst bei deiner Alten zu leisten?"

Alle lachten über den groben Scherz und fingen an, über das Hühnervolk im allgemeinen und ihre eigenen Glucken im besonderen herzuziehen. Nur Blacky hielt sich diesmal erstaunlich zurück und schaute verträumt vor sich hin. Er ging auch als erster mit der Begründung, er müsse am nächsten Morgen früh aus den Federn.

„Du hast wohl vergessen, daß du eine Stunde länger schlafen darfst?", krähte ihm einer nach, und alle lachten.

„Was ist heute nur mit Blacky los? Irgend etwas stimmt nicht mit ihm", meinte Charly und andere pflichteten ihm bei. Aber dann kehrten sie schnell zu ihren Weibergeschichten zurück, mit denen sie sich gern brüsteten, um ihr Ansehen untereinander zu mehren. Nachdem sie sich schließlich darauf geeinigt hatten, daß am nächsten Morgen der alte Kiki als erster zu schreien habe, löste sich die Versammlung auf.

*

Als Blacky in seine Scheune zurückkehrte, empfing ihn die Neue bereits am Schlupfloch mit zornrotem Kamm.

„Willst du mir mal erklären, wo du dich so lange herumgetrieben hast?", fuhr sie ihn an. „Du meinst wohl, du könntest mich behandeln wie deine übrigen Pipi-Hennen? Wen glaubst du denn vor dir zu haben?"

Erschrocken zog Blacky seine Schwanzfedern ein.

„Nun hab' dich nicht so", empörte er sich kleinlaut. „Ich habe dir doch gesagt, daß ich zum Stammtisch gehen muß, um keinen Argwohn zu erregen. Und so lange hat es doch gar nicht gedauert".

„Immerhin lange genug, um mich wütend zu machen, wie du siehst. Glaubst du, ich hocke nur zu deinem Vergnügen hier in dieser miserablen Scheune? Morgen wirst du mich gefälligst überall offiziell vorstellen, oder ich verschwinde auf Nimmerwiedersehen. Hast du mich verstanden?"

Blacky schluckte und nickte, nickte und schluckte.

Er hatte das Gefühl, einen sieben Zentimeter gelben Wurm verschluckt zu haben, der ihm im Halse stecken geblieben war. Seine neue Liebe hatte nicht nur ein wunderschönes Gefieder und viel Sexappeal; sie hatte offensichtlich auch einen spitzen Schnabel und scharfe Krallen, wie Blacky sie noch bei keiner anderen Henne kennengelernt hatte. Nur zu gerne wäre er jetzt so richtig wütend geworden, aber er traute sich nicht mehr, denn offenbar konnte sie auch das viel besser als er.

Er hatte sich so sehr beeilt, zu ihr zurückzukehren – voller Vorfreude darauf, sie wieder zu bespringen. Und nun diese Begrüßung. Der Appetit auf Sex war ihm gründlich vergangen, aber seine Neue hätte ihm jetzt wohl auch kaum eine Chance gegeben, seinen Trieb bei ihr zu befriedigen. Stattdessen machte sie sich in seinem Lotterbett so breit, daß er sich ein Plätzchen im Heu suchen musste, wo er sich im Dunkeln eine Mulde zurecht scharrte und trüben Gedanken nachhing, bevor er in einen unruhigen Schlaf fiel, aus dem ihn erst Kikis Morgenschrei hochfahren ließ.

Er traute seinen Ohren nicht, als er hörte, wie der Kiki laut schrie:

„Der scharfe Blacky hat eine Neue! Der scharfe Blacky hat eine Neue!"

Ängstlich äugte Blacky zu dem roten Huhn hinüber, das bereits mit der Morgentoilette beschäftigt war – gerade so, wie er sie am ersten Morgen entdeckt hatte…

*

Wie ein Lauffeuer verbreitete sich die Nachricht im Dorf und ein Hahn krähte die Kunde dem anderen mit der Morgenpost zu: „Der scharfe Blacky hat eine Neue!"

Herausbekommen hatte die Affäre der alte Kiki vom Nachbarhof, als er auf dem Heimweg vom Stammtisch am Gutshof vorbei kam und den lautstarken und sehr einseitigen Wortwechsel aus der Scheune hörte. Er war ein Erzfeind vom scharfen Blacky und lag in ständiger Fehde mit seinem verhassten Nachbarn, seit er diesen geilen Kerl mehrfach erwischt hatte, wie er Hühner aus seinem Stall bekrapscht hatte und deshalb zu Recht argwöhnte, daß er sie auch heimlich begattete.

Doch trotz hochnotpeinlicher Verhöre hatten seine Hennen stets alles bestritten und dem Kiki immer wieder ihre ergebene Treue versichert. Tatsächlich aber ließen sie es sich vom scharfen Blacky nur allzu gerne gefallen, da es mit der Liebeskraft des alten Kiki nicht mehr weit her war, so daß sie sich untereinander bereits laut Sorgen um den Nachwuchs machten, wenn der alte Kiki vor sich hin döste, anstatt seiner Hahnenpflicht nachzukommen. Denn sie konnten es sich mit Hilfe ihrer fünf Krallen ausrechnen, daß Nachwuchsmangel auch ihre Lebenserwartung stark reduzierte – jene Zeit also, die ihnen verblieb, bis sie den Weg in die Fleischtöpfe anzutreten hätten.

Und so trieben sie sich auffallend häufig in der Nähe eines Loches im Zaun zum Nachbargutshof herum, das sie augenzwin-

69

kernd die „Porta erotica" nannten und was sogar dem alten Kiki allmählich auffiel. Deshalb hatte Kiki, den sie auch den Weisen nannten, sich angewöhnt, nur noch mit abwechselnd einem halb offenen Auge zu dösen – eine Methode, die er einst einer alten Eule abgeguckt hatte, ohne sie richtig zu verstehen.

*

Als die Neuigkeit verkündet wurde, unterbrach auch die Katze auf dem Gutshof ihre Morgentoilette, um alles mitzubekommen. Der Hund horchte kurz auf, grinste sich eins, und fuhr fort, scheinbar wie die Katze sein Fell zu putzen, das es wirklich nötig hatte. Tatsächlich schleckte er genüsslich seinen Penis, der ob dieser Wohltat lang und rot hervortrat. Die Katze erschrak bei dem Anblick und fauchte ihn an: „Das ist ja obszön!"

Bello kläffte zurück: „Und ob das szön ist!"

Er war schon seit Jahren hier als Hofhund tätig, verlaust und zerzaust und nach Mist riechend. Er hatte nicht viel vom Leben und ließ sich diese kleine Alltagsfreude von niemandem nehmen. Seine Lebensphilosophie war *leben und leben lassen*.

Aber die selbstgefällige alte, feiste Katze, die man nie kommen hörte, hatte er schon lange dicke und er hoffte nur darauf, daß sie ihm mal zu nahe kommen werde, um ihr das Genick zu brechen. Wenn er den Schweinen zusah, wie sie sich im Dreck suhlten, dachte er: Schweine tragen ihren Namen wirklich zu recht, und widmete sich wieder seiner Lieblingsbeschäftigung, der Selbstbefriedigung.

Obwohl Bello an der Kette lag, hatte er stets den vollen Überblick und alles unter Kontrolle auf dem Gutshof und wusste auch in diesem Fall von Anfang an, was sich abspielte. Aber seine philosophische Natur, seine Diskretion und seine männliche Solidarität mit dem Blacky verboten ihm, sich an die große Glocke zu hängen und es laut hinaus zu posaunen, wie es der missgünstige Gockel von nebenan getan hatte, den er sich manchmal in seinen Tagträumen gebraten in seinem Napf vorstellte. Doch wenn er dann wieder einen klaren Kopf hatte, sagte er sich, daß der weise Kiki so alt und zäh sei, daß er sicherlich keine rechte Freude mehr an diesem Braten haben würde.

Dennoch wurde er seine Wunschvorstellung nicht los.

*

Die Hühner in ihrem Stall wollten es nicht glauben, was Kiki da lauthals verkündete. Verstört schauten sie sich gegenseitig mit glasigen Augen an. Die alte Henne wurde bleich, während ihr Kamm vor Zornesröte anschwoll.

„Mir nach!", schrie sie. „Nur die Küken bleiben hier!"

Und mit ihr an der Spitze machten sich alle auf und marschierten zielbewusst Richtung Scheune, wo sie Blacky mit Recht und mit seiner neuen Gespielin vermuteten. Doch in respektvollem Anstand vor der Scheune machten sie Halt und bildeten einen Halbkreis vor dem Schlupfloch im Scheunentor, durch das sie sonst selbst mit Blacky im Innern zu verschwinden pflegten, und warteten darauf, daß irgend etwas passieren werde.

*

„Hallo; guten Morgen, mein Schatz", gurrte das rote Huhn, als es Blackies verstörten Blick auffing. „Ich hoffe, du hast gut geschlafen".

Dabei schaute sie ihn aus ihren großen, dunklen Augen mit unschuldsvollem Blick an, als sei nichts geschehen.

71

Blacky wagte einen vorsichtigen Einwand: „Meinst du, nach einem solchen Streit könne man gut schlafen?"

„Ach, komm in mein Gefieder!", gurrte sie mit ihrer samtweichen Stimme, die Blacky fast wieder um den Verstand brachte. „Ich weiß gar nicht, wovon du sprichst!".

Blacky schmolz wieder dahin. Er rannte, strubbelig wie er war, zu seiner Angebeteten und warf sich über sie. Begierig schnäbelten sie miteinander, wild mit den Flügeln schlagend. Ihre spitzen Krallen schlug sie in sein Fleisch, daß er vor Schmerz lustvoll stöhnte. Mit gespreizten Hühnerschenkeln lag sie unter ihm, während er sie in den Nacken hackte und mit seinen Hahnentritten traktierte, bis sich beide vor Erschöpfung ins Heu fallen ließen.

Während sie sich langsam erholten, hörten sie draußen das Scharren der Hühner und Bellos Kläffen.

„So, mein Lieber", lachte das rote Huhn, „die Stunde der Wahrheit ist gekommen!"

Blacky druckste herum. Er fühlte sich weder physisch noch psychisch als Herr der Lage. Doch erbarmungslos schubste ihn die Neue Richtung Scheunentor und folgte ihm durch die kleine Luke nach draußen in das gleißende Morgenlicht der aufgehenden Sonne.

Blacky starrte entgeistert auf die im Halbkreis versammelte Hühnerschar; die Hühner starrten entgeistert auf das neue Huhn im roten Federkleid, das sich frech an Blackies rechter Seite aufgebaut hatte.

Blacky trat von einem Bein auf das andere. Seine Neue gurrte ihn von der Seite an: „Na, was ist?"

Auch Bello wurde allmählich ungeduldig: „Na los, Sportsfreund, zeig mal, daß du ein Mann bist!", kläffte er, ohne daß

Blacky ihn verstehen konnte, denn so gut waren seine Fremdsprachenkenntnisse nun doch nicht. Aber immerhin fuhr ihm das Bellen so in die Glieder, daß er sich aufraffte.

„Also… also – ich habe euch etwas zu sagen!".

„Mein Gott, dann sag es doch!", zischte ihn seine Neue zur Rechten an.

„Also: Das hier ist meine neue Haupthenne. Sie heißt Schall und Rauch und kommt aus dem Land, wo die Zitronen blühen."

Das rote Huhn musste laut lachen. Die alte Henne rannte laut kreischend davon. Die übrigen Hühner fingen empört an, laut zu palavern.

„Ruhe!", krähte Blacky, jetzt wieder ganz selbstsicher und entsprechend selbstherrlich.

„Ruhe! Und wer nicht spurt, dem kratz' ich die Augen aus. Habt ihr mich verstanden?"

Die Hühner duckten sich, wie immer, und verzogen sich mit eingezogenen Köpfen so diskret wie möglich. Blacky aber ging stolz erhobenen Hauptes mit der Roten an seiner Seite quer über den Gutshof, direkt auf den Fressplatz zu, wo die Gutsherrin bereits die Haferkörner ausgestreut hatte, ohne daß sie bisher von den übrigen Hühnern angerührt worden waren.

„Na?", fragte Blacky seine Angebetete mit stolzgeschwellter Brust: „Wie war ich?".

„Na ja; bei der nächsten wird es dir sicherlich leichter fallen!".

Blacky schaute sie verdutzt an und sie lachte ihm wieder ihr unverschämt lautes Lachen ins Gesicht.

Nachdem sie sich sattgepickt hatten, sagte Blacky: „Komm, ich zeige dir unseren Hühnerstall".

Die Neue ging mit ihm, während die umstehenden Hühner sie vom Kamm bis zur Schwanzfeder mit bösen Blicken musterten und die Köpfe zusammensteckten.

Die beiden stiegen die Hühnerleiter empor. Im Hühnerstall angekommen, verkündete Blacky stolz: „Und hier wirst du künftig wohnen. Natürlich ist die oberste Stange für uns reserviert!".

Das rote Huhn starrte ihn entgeistert an.

„Du spinnst wohl? Ich lasse mich doch nicht einsperren. Am Ende hole ich mir gar noch Flöhe von deinen Pipi-Hennen!"

Wütend rannte sie die Hühnerleiter runter.

„Warte doch!", schrie Blacky ihr nach.

„Worauf denn noch?", schrie sie zurück. „Du denkst wohl, du könntest mich als deine Sexsklavin halten. Vielleicht erwartest du von mir auch noch, daß ich Eier ausbrüte und dir eine Schar Küken großziehe? Nicht mit mir, mein Lieber – nicht mit mir!"

Wild flatternd stürmte sie über den Hof, die umstehenden Hennen stoben auseinander und sogar Bello zog den Schwanz ein und verschwand in seiner Hütte, als die Rote an ihm vorbeifegte.

Blacky rannte ihr nach in die Scheune, aus der man noch eine Weile lautes Hühner- und Hahnengeschrei hörte. Dann wurde es still und den Rest des Tags sah man weder Huhn noch Hahn.

Vermutlich sind Sie, liebe Leser, begierig darauf zu erfahren, was sich in jenen Stunden in der Scheune abspielte. Aus Gründen der Moral muß jedoch darauf verzichtet werden, dies im Einzelnen zu berichten, denn während der sexuellen Exzesse unseres temperamentvollen Liebespaares kam es auch zu mancherlei Perversionen, deren Schilderung der Anstand und die Zensur verbieten.

*

Der alte Kiki beobachtete das Treiben auf dem Gutshof mit gemischten Gefühlen: Einerseits war er neidisch auf die neue Eroberung seins verhassten Nachbarn, andererseits konnte er hoffen, daß seine Hühner bis auf weiteres von seinem Erzrivalen in Ruhe gelassen würden. Unter den Hühnern selbst – beiderseits des Zaunes – verbreitete sich allerdings wachsende Nervosität. Denn im gleichen Maße, wie alle sich zunehmend unbefriedigt fühlten, wurden sie aggressiver und streitsüchtiger untereinander. Indem die Neue Blacky ganz für sich vereinnahmte, brachte sie auch die gesamte Hackordnung auf dem Hühnerhof durcheinander. Vor ihrem Herrn und Meister hatten alle Hühner Angst, ja regelrecht „Schiß". Also gingen sie aufeinander los, oft schon aus dem nichtigsten Anlaß. Jedes Körnchen, das nach der Fütterung noch herumlag, genügte, um Streit und Zoff zu verursachen.

Die alte Haupthenne hatte es am meisten auszubaden. Ihr wurde lautstark angelastet, es mangele ihr an Erotik, um Blacky im heimischen Hühnerstall zu halten. Als sie versuchte, mit Picken ihre Autorität zu retten, war s geschehen. Die umstehenden Hühner rannten ihren bedrohten Stallgefährtinnen zu Hilfe und im Nu fiel die ganze Hühnerschar über die alte Glucke her, daß die Federn flogen, bis sie aussah wie ein gerupftes Huhn.

Bei Sonnenuntergang hörte man erneut Geschrei aus der Scheune. Schließlich kam das rote Huhn herausgerannt, verfolgt von Blacky, der sie offensichtlich vergebens zu besänftigen suchte. Das einzig, was man noch deutlich verstehen konnte, war von ihr ein lautes: „Du kannst mich mal!".

Dann erhob sie sich vor den Augen der fassungslos zuschauenden Hühner, Gänse, Enten, Schweine, Katzen, Kühe und Bellos mit kräftigem Flügelschlag in die Lüfte, drehte zunächst ziellos eine Runde über dem Gutshof und segelte schließlich im Gleitflug hinab auf den Nachbarhof, wo sie direkt vor den Krallen des weisen Kiki landete.

Kiki war zunächst ganz erschrocken, fand jedoch schnell seine Kontenance wieder.

„Madame, ich bin entzückt!", machte er seinen Kratzfuß mit einer tiefen Verbeugung.

„Ich bin es auch, wenn Sie mich nicht so miserabel behandeln wie dieser unverschämte Bursche von nebenan!", erwiderte sie erregt und noch etwas atemlos. „Ich hoffe, Sie haben bessere Manieren und wissen sich gegenüber einer Dame zu benehmen!".

„Ich hoffe es doch, Madame!", erwiderte Kiki bestürzt und beglückt zugleich.

Er wusste zwar nicht, um was es ging, aber er erkannte: dies war seine Chance, dem scharfen Blacky all die Demütigungen heimzuzahlen, die er von ihm in letzter Zeit wegen seines Alters und seiner nachlassenden Potenz erlitten hatte.

„Madam", beeilte er sich, „Sie haben es mit einem Gentleman zu tun und nicht mit einem geilen Wüstling!".

Das fremde Huhn hatte sich bereits wieder gefangen.

„Na ja, etwas anderes bleibt Ihnen wohl auch nicht mehr übrig, oder?".

Laut lachend, schaute sie ihn herausfordernd an. Kiki machte gute Miene zum für ihn bösen Spiel.

„Aber Madame! Sie unterschätzen mich. Ich tue noch immer meine Pflicht!".

„Ihre Pflicht vielleicht – aber sicherlich keine Kür mehr!".

Wieder hatte sie ihr unverschämtes Lachen in der Kehle, das auch den alten Kiki anmachte, wie er erstaunt zu spüren begann.

„Madame belieben zu scherzen!". Er bemühte sich, über ihre Scherze auf seine Kosten mit zu lachen, aber es klang etwas kläglich.

Das fremde Huhn merkte, daß sie wohl etwas zu weit gegangen war und wollte es wieder gut machen.

„Na ja, ich weiß wohl: Auch der Herbst hat warme Tage!"

Kiki behielt die Fassung. Geistesgegenwärtig fing er den Ball auf.

„In diesem Jahr haben wir einen besonders warmen Herbst, Madame!", gab er anzüglich lächelnd zurück und schaute ihr dabei so tief in die Augen wie er nur konnte, indem er seinen Kopf abwechselnd nach rechts und links wendete.

Sie hat wunderschöne Augen, dachte er bei sich, aber einen verdammt frechen Schnabel, vor dem man sich in Acht nehmen muß. Der scharfe Blacky war ihr mit Sicherheit nicht gewachsen; der konnte nichts anderes als Bumsen. Mit solch einer Lady konnte das ja nicht lange gut gehen.

Kiki war sicher: Nur ein Hahn der alten Schule, wie er einer war, konnte dieser Dame von Welt der adäquate Partner sein. Diese Qualitäten galt es jetzt überzeugend ins rechte Licht zu rücken, um es dem verhassten Nachbarn heimzuzahlen: prudentia contra potentia!

Das höchste irdische Glück für einen Hahn stand auf dem Spiel bei diesem Wettbewerb der Systeme, in dem ihm, das erkannte der weise Kiki, das Schicksal noch einmal eine Chance gab – vielleicht die letzte. Ein großes Glücksgefühl überkam ihn bei diesem Gedanken. Er wandte sich dem unbekannten Huhn zu und stellte sich artig vor. Sie erwiderte nur: „Es würde mich freuen, wenn Sie mir etwas Gesellschaft leisten würden!".

Kiki war überglücklich: „Wenn Sie mir nur fünf Minuten Zeit lassen, stehe ich Ihnen ganz zur Verfügung, Madame!"

Sie ließ und hüpfte hinauf auf den Misthaufen, während Kiki sich beeilte, seine Hühnerschar in den Stall zu treiben. Dabei fing er zum Teil etwas ironische Blicke seiner Hennen ein, und als er die Hühnerleiter herabstieg, hörte er noch, wie eines der Hühner ihm nachrief:

„Übernimm dich nicht!"

Kiki tat so, als habe er es überhört, aber auch das fremde Huhn hatte es verstanden – und lächelte ihn erneut herausfordernd an. Kiki wurde verwirrt. Ob sie wohl doch mehr als nur prudentia von ihm erwartete? Er sah ihr leuchtend rotes Gefieder, das im Schein der Abendsonne zu glühen schien. Kiki war ganz verwirrt:

„Sehen Sie das Abendglühen – äh, den Abendschein – ich meine, die Abendsonne!"

„Ja – es ist wunderschön hier auf dem Lande", erwiderte sie langsam und ein wenig melancholisch. „Hier ist die Welt noch heil".

„Sie täuschen sich, Madame. Wäre das Tierschutzgesetz nicht verbessert worden, säßen meine Hennen wahrscheinlich alle in irgendwelchen Legebatterien und ich wäre vermutlich längst in irgendeiner Brathendl-Station geendet!".

Prudentia contra potentia; Kiki erlebte seine Sternstunde. Während das fremde Huhn verträumt dem Sonnenuntergang zusah, brillierte Kiki mit dem ganzen Wissens- und Erfahrungsschatz seines langen Hahnenlebens.

Das fremde Huhn zeigte sich beeindruckt und schaute bewundernd zu ihm auf. Unterdes war die Sonne untergegangen und es begann kühl zu werden. Fröstelnd rückte sie näher an ihn heran, während er ihr die Geschichte seines Lebens und des ganzen Dorfes erzählte. Er berichtete von Hühner- und Schweinepest, von Blitzschlag und Feuersbrunst und von Dingen, die den Menschen vom Tier unterscheiden: von Krieg und Bombenhagel, von Mord und Vergewaltigung. Noch nie hatte er Gelegenheit gehabt, dies alles in Zusammenhang zu erzählen und noch nie hatte ihm jemand so lange so geduldig zugehört. Kiki war glücklich. In diesem Moment schien es ihm, als habe sein Leben doch noch einen Inhalt und einen höheren Sinn bekommen, als nur Hahn in einem gewöhnlichen Hühnerhof zu sein.

Wärmend umschloß er das fröstelnd neben ihm hockende Huhn mit seinem Flügel; er fühlte eine Art von Harmonie, wie er sie bisher nicht kennen gelernt hatte. Schließlich, als es dunkel war, trieb er sie sanft in die Scheune, wo er sein Liebesnest hatte.

Ohne Murren und Gurren legte sie sich nieder, breitete ihre Schwingen aus und erwartete ihn. Kiki besprang sie voller Leidenschaft und Inbrunst. Er nahm alle seine Kraft zusammen, bis ihm schwarz wurde vor den Augen und er umfiel. Erst nach einer Weile merkte sie, daß er nicht mehr atmete.

Kiki hatte aufgehört zu leben, aber auf seinem Gesicht lag ein glückliches Lächeln.

*

So, wie sie gekommen war, aus dem Nichts, verschwand das fremde Huhn in dieser Nacht auch wieder ins Nirgendwo – unbemerkt und spurlos.

Doch noch lange sprach man von ihr, jedes Huhn auf seine Weise. Die einen von ihrer Eleganz, andere von ihrer Leichtlebigkeit, wieder andere von ihrer erotischen Ausstrahlung, von ihrer Eitelkeit und von ihrem spitzen Schnabel.

Aber alle waren überwältigt von ihrer Schönheit und fasziniert von ihrem zügellosen Temperament und ihrem Freiheitsdrang. Und alle beneideten sie heimlich um ihr Selbstbewußtsein und ihre Unabhängigkeit.

Sie hätten auch gern die Fähigkeit und die Kraft besessen, sich wie sie leicht in die Lüfte zu erheben und davon zu fliegen – wenigstens einmal im Leben. Aber andererseits waren sie froh, daß ihnen die Flügel gestutzt waren. Damit hatten sie eine gute Ausrede, warum sie nicht davonfliegen konnten aus ihrer Hühnerhof- und Hackordnung, hinaus in die Ungewissheit der Freiheit. Denn wer weiß – vielleicht war es hier doch besser als anderswo.

Blacky kehrte – nach kurzer Schamfrist – weniger reumütig als notgedrungen in den Schoß seiner Haupthenne zurück, der er ewige Treue schwören musste. Doch beide wussten, daß dieser Schwur nicht einmal vierundzwanzig Stunden halten werde – zumal für Blacky, da er nicht bis Zehn zählen konnte, vierundzwanzig Stunden eine unvorstellbar lange Ewigkeit waren.

Der zottelige Bello musste mit Kikis Tod auch seine Wunschvorstellung von ihm als Braten in seinem Napf schweren Herzens begraben. Dafür gönnte sich der alte Lüstling in Erinnerung an das rote Huhn hin und wieder einen Tagtraum besonderer Art. Dann stellte er sich vor, daß sie mit gekrätschten Hühnerschenkeln unter ihm läge und wild mit den Flügeln schlage, während er sie vorsichtig in den Nacken biß, um sie nicht zu beschädigen. Denn auch er hätte sie zu gerne mal gebumst – egal ob Huhn oder nicht Huhn. Denn seine Devise lautete nach wie vor *leben und leben lassen.* Und diese kleine Freude eines perversen Wunschtraums konnte ihm niemand verwehren.

Beim ersten abendlichen Hahnenstammtisch nach Kikis Tod wurde sogleich sein Nachfolger ausgekungelt, und der erließ bereits am nächsten Morgen eine neue Hackordnung, worin seinen Hühnern jeglicher Kontakt mit dem Hahn des benachbarten Gutshofes – gemeint war natürlich der scharfe Blacky - auf das Strengste untersagt wurde. Und so kehrte allmählich wieder Ruhe und Ordnung auf beiden Hühnerhöfen ein.

Katzen

Katzen neigen zu einer philosophischen Betrachtungsweise unserer Welt, in der wir leben.

Daß die Resultate sich eher bescheiden ausnehmen, ja eigentlich nicht feststellbar sind, liegt nicht daran, daß sie nicht denken können, sondern daß sie nicht denken wollen. Sie lassen vielmehr denken und überlassen es uns, tiefschürfende psychologische Bücher über ihr Seelenleben zu verfassen, ohne auch nur ansatzweise irgendwelche Hilfestellung dazu zu leisten.

Im Unterschied zum Menschen bekennen sich Katzen zu ihrer angeborenen Faulheit in einem Maße, um das wir Menschen sie deshalb beneiden, weil uns die Charakterstärke fehlt, die man benötigt, um einen solchen Bekennermut aufbringen.

Es gibt ein tiefgreifendes Missverständnis zwischen Katze und Mensch, das darin beruht, daß wir glauben, wir Menschen würden uns Katzen halten; es ist vielmehr umgekehrt. Doch aus List lassen uns die Katzen in unserem Glauben: warum sollten sie es ohne Not mit uns nützlichen Idioten verderben? Nur in ganz seltenen, schweren Fällen setzt eine Katze ihre eigentlichen Waffen – Fauchen und Kratzen – gegen uns Menschen ein. Sie hat es deshalb kaum nötig, weil wir normalerweise auch so gehorchen. Wenn umgekehrt wir etwas von ihr wollen, stellt sie sich meist taub. Ja, sie sind nicht einmal bereit, die Resultate unserer Bemühungen zur Kenntnis zu nehmen, geschweige sie denn mit uns zu diskutieren oder gar anzuerkennen.

Es wäre uns ja schon geholfen, wenn es am Ende eines solchen Exkurses hieße: *Wir Katzen sind nicht so, wir sind ganz anders.* Doch ihre Lebenseinstellung verbietet ihnen offensichtlich, sich auf irgend etwas einzulassen, das eventuell mit einer Niederlage enden könnte.

Schicksal

Ich glaube zwar nicht an Horoskope, aber meine Mutter hat mich immer wieder warnend darauf hingewiesen, daß sie auch für jene zutreffen, die nicht an sie glauben. Gleiches könnte man auch vom Aberglauben sagen. Aber spätestens beim Schicksal hört der Spaß auf. Besonders dann, wenn es in Gestalt einer Mücke nachts zuschlägt.

Eine solche Mücke würde meinem ganzen Leben eine andere Richtung geben: Statt, wie geplant, um acht Uhr aufzustehen, würde ich erschöpft weiterschlafen bis halb Zehn, würde statt um Neun erst um Elf das Haus verlassen und deshalb anderen Menschen als um neun Uhr begegnen; nicht, wie vorgesehen, meine gewohnten Einkäufe machen, sondern unaufmerksam und zerstreut beim Überqueren der Straße von einem Auto angefahren werden, im Krankenhaus landen usw.

War das Fügung? Zufall?

Was ist Schicksal? Das, was wir tun oder was wir nicht tun, oder beides zusammen – oder das, was uns getan wird plus das, was wir selber uns antun? Abzüglich dessen, was wir eigentlich tun wollten, oder aus Angst nicht zu tun gewagt haben? Und welche Rolle spielt der Wetterfaktor dabei? Oder der Zeitfaktor: z.B. die Suche nach dem Autoschlüssel?

Denkbar, daß das Schicksal seinen Lauf unterbricht, bis der Schlüssel gefunden ist; andererseits kann die durch die Sucherei verursachte Verzögerung dem Schicksal dazu dienen, in der Zwischenzeit einen Stau auf- oder abzubauen – je nach Lust und Laune.

Mein Lebensplan, den ich nicht kenne, würde von dieser kleinen Mücke möglicherweise außer Kraft gesetzt werden, ohne daß ich es merke; welch ein Faszinosum!

Und wenn der Unfall mit dem Auto nicht stattfinden würde? Gab es Gegenkräfte, die den Lebensplan wieder reparieren? Oder war die Mücke Teil dieses Lebensplans? Hätte ohne ihr Auftauchen mein Leben eine falsche Richtung genommen?

Egal; ich wurde müde, machte das Licht aus und schlief ein. Mochte das Schicksal seinen Lauf nehmen.

Falsch: zuvor mußte er die Mücke töten, erst danach mochte das Schicksal machen, was es wollte.

Und so kam es, daß es ganz anders kam: Er wachte erst um halb Elf auf. Und der Autounfall endete tödlich.

Das kommt davon, wenn man seinem Schicksal ins Handwerk zu pfuschen versucht. Dabei war er vorgewarnt gewesen: Beim Verlassen seines Hauses sah er, wie eine schwarze Katze die Straße vor ihm von links nach rechts überquerte ! Außerdem war es Freitag, der 13., wo man ohnehin besonders vorsichtig sein muß, denn jeder vernünftige Mensch weiß, daß es d e r Unglückstag ist!

Statistiker wollen uns einreden, daß nach ihren Erkenntnissen an diesem Tag nicht mehr Unglücke und Unfälle passieren, als an jedem anderen Tag. Richtig – weil sie Ursache und Wirkung verwechseln! Gerade *weil* jeder normale Mensch dieses Risiko kennt und deshalb meidet, indem er möglichst nicht mit dem Auto fährt, möglichst zuhause bleibt und unter das Bett kriecht, steigt die Zahl der Katastrophen an diesem Tag nicht ins Unermäßliche an!

*

Tacitus schreibt ca.115 n.Chr. in seinen Annalen:

„Ich muß gestehen...mein Urteil schwankt, ob denn wirklich das Verhängnis und unwandelbare Notwendigkeit oder das Ungefähr den Gang der menschlichen Dinge bestimme. Denn man findet ja, daß selbst die Weistesten der Alten und diejenigen, welche ihnen anhängen, verschiedener Meinung sind, und viele den festen Glauben hegen, daß sich die Götter weder um unser Entstehen, noch um unser End, noch überhaupt um Menschen kümmern, weshalb so häufig Unglück über die Guten komme, und Glück den Schlechten beschieden sei. Dagegen glauben andere, das Verhängnis stimme zwar mit den Ereignissen überein, aber nicht in unsteten Gestirnen, sondern es liege in den Anfängen und Verkettungen natürlicher Ursachen. Wobei sie uns jedoch die Wahl der Lebensweise freilassen, nur sei, habe man sie gewählt, die Ordnung des Verhängten schon bestimmt. Auch sei nicht Unglück oder Glück, was der große Haufe dafür halte; viele, die von Widerwärtigkeiten bedrängt schienen, seien glücklich, dagegen gar manche bei noch so großem Reichtum höchst elend, sobald jene das unglückliche Geschick standhaft ertrügen, diese das glückliche mit Unverstand gebrauchten. Übrigens lassen es sich die meisten Menschen nicht nehmen, daß einem jeden gleich mit der Geburt seine Zukunft bestimmt sei; nur falle manches anders aus, als es verkündet worden, durch den Betrug derer, die Dinge verkünden, die sie nicht wissen."

*

Wie soll ein Mensch leben, wenn er sich nicht mehr darauf verlassen kann, daß es anders kommt als er denkt?

(Thomas Mann: Joseph und seine Brüder/
Der junge Joseph)

Rotkäppchens wahre Geschichte

(Nichts für Jugendliche unter 16 Jahren)

Sie erwachte eines Morgens in einer Blutlache. Julia war gerade Fünfzehn geworden und hatte nun ihre erste Menstruation. In ihr Erschrecken mischte sich Stolz. Sie genoß die ihr über Nacht zugewachsene Weiblichkeit, die sie bedeutender machte.

Natürlich hatten ihre Eltern sie nicht aufgeklärt. Aber das brauchten sie auch nicht mehr, denn das hatte man längst in der Schule untereinander und miteinander erledigt – auch ohne Lehrer, die selbst noch bei jeder Anspielung verlegen wurden und ins Stottern gerieten.

Julia schloß die Augen. Sie musste kichern: Ihre Mutter nannte sie noch immer wie vor zehn Jahren „Rotkäppchen"; ab jetzt würde „Rothöschen" der passendere Kosename sein.

Sie stand auf und betrachtete selbstgefällig ihren Körper im Spiegel: Er zeigte ihr die gereiften Rundungen ihrer Brüste und Hüften; die fülligen Schenkel ihrer wohlgeformten, schlanken Beine mündeten in den dunklen Flaum ihrer Scham, die jetzt blutverschmiert war.

Julia wusch im Bad intensiv ihre Scheide aus, bevor sie eine Monatsbinde ihrer Mutter nahm und sie, noch ungeübt, in ihren Schlüpfer einlegte. Dann rieb sie ihre Schenkel und ihre Schamhaare mit Parfüm ein und schminkte sich besonders sorgfältig, bevor sie, noch im Bademantel, sehr bedeutungsvoll die Treppe hinab und in die Küche ging, wo ihre Mutter bereits mit dem Frühstück auf sie wartete.

Julia brannte darauf, ihrer Mutter von ihrer körperlichen Veränderung zu berichten, aber sie brachte kein Wort davon über die Lippen; sie ärgerte sich darüber, daß sie offenbar ebenso verklemmt war wie ihre Eltern.

Mutter und die Tochter lebten schon geraume Zeit hier im Forsthaus allein, seit der Vater bei Holzfällerarbeiten von einem umstürzenden Baum erschlagen worden war. Der Vater war ein guter Förster, aber ein schlechter Jäger gewesen. Weil er keinem Tier etwas zuleide tun konnte, überließ er das Jagen der königlichen Familie, in deren Diensten er stand, und beruhigte auf diese Weise sein Gewissen. Als einiges Vermächtnis ihres Vaters hatte Julia gelernt, nur an das Gute in allen Lebewesen zu glauben – sei es Mensch oder Tier, während ihr die Mutter beizubringen versuchte, daß in jedem Tier wie in jedem Menschen eine Bestie stecke. Ihre Meinungsverschiedenheit in dieser Frage hatten die Eltern häufig lautstark vor Julias Ohren ausgetragen, ohne daß für sie erkennbar war, wer von beiden Recht hatte, da der Streit meist mit heftigem Türenschlagen abgebrochen wurde.

Julia entschied sich schließlich für die Überzeugung ihres Vaters, weil sie ihn mehr liebte als ihre überaus strenge Mutter und weil sie das unbestimmte Gefühl hatte, damit an ihrem Vater etwas gut machen zu müssen. Sie fand es ungerecht, daß der Liebe Gott ihn statt ihrer Mutter zu sich genommen hatte, um die beiden Streithähne zu trennen. Die göttliche Weisheit dieser Entscheidung konnte Julia natürlich nicht erkennen, denn Gottvater wusste aufgrund seiner Jahrtausende alten Erfahrung nur zu gut, daß sich im anderen Fall eine inzestuöse Beziehung zwischen Vater und Tochter hätte entwickeln können, begünstigt durch die Abgeschiedenheit ihrer Behausung.

Der Herrgott aber war trotz aller Rückschläge nach wie vor bemüht, von der menschlichen Ordnung, die sie auf Erden meist als göttlich entschuldigen (und diffamieren), zu retten was zu retten ging. Hätte Julia allerdings gewusst, welche Lebensfreude ihr durch diesen göttlichen Ratschluß entgangen war, hätte sie mit ihrem Herrgott vermutlich erst recht geschmollt.

Julias Mutter hatte nach diesem Gottesurteil nichts eiliger zu tun gehabt, als ihre Schwiegermutter auszuquartieren in eine alte, leerstehende Holzfällerhütte am jenseitigen Waldesrand, etwa eine Stunde Fußmarsch vom Jägerhaus entfernt. Der einzige Kontakt zu der alten Frau bestand noch darin, daß Julia ihr an jedem Sonntag Vormittag eine Tasche voll Lebensmittel brachte und die Zeitungen der letzten Woche.

Heute war es wieder mal so weit.

Nach dem Frühstück ging Julia zurück in ihr Zimmer, um sich anzukleiden. Sie zog sich diesmal besonders feminin und für den Anlaß gänzlich unpassend an: schwarze Strümpfe mit Naht, hohe Schuhe, eine seidene Bluse ohne BH darunter, und einen engen, hinten hochgeschlitzten Rock. Im Spiegel überprüfte sie sich und war mit ihrer aufreizenden Weiblichkeit sehr zufrieden. Sie fühlte sich ganz als Frau und legte Wert auf eine entsprechend erotische Ausstrahlung.

Als sie ihre Mutter im Bad hantieren hörte, holte sie rasch die Tasche mit den Lebensmitteln aus der Küche und verschwand unbemerkt aus dem Haus.

Die Sonne schien durch die Baumkronen und die Vögel begleiteten zwitschernd ihren Weg durch den Wald bis zu einer Lichtung, wo sie bei schönem Wetter wie heute eine Pause zu machen pflegte. Sie streckte sich auf dem Moos aus, schob ihren

Rock hoch und öffnete die Bluse, um sich von der Sonne bestrahlen zu lassen.

Ihre Gedanken kreisten um ihre neue Weiblichkeit, mit der sie noch nicht vertraut war. Ihr Körper war ihr zum ersten Mal fremd und die musste ihn erst neu akzeptieren lernen. Die warmen Sonnenstrahlen machten sie träge und müde und ihre Gedanken glitten langsam hinüber in einen sanften Schlummer.

Sie träumte von dem jungen Prinzen von dem nahen Schloß, der als ein ausgemachter Wüstling in der Gegend verschrien war und der sich ihr nun im Traum ungestüm näherte, ihre nackten Arme streichelte, ihre Wangen berührte, mit seinen Händen über die seidige Bluse glitt und in den offenen Ausschnitt griff, um ihre Brüste zu berühren. Wohlig streckte sie im Schlaf ihre Beine aus und der Prinz begriff es als Einladung, mit der Hand zwischen die dargebotenen Schenkel zu greifen, sich über sie zu beugen und ihr, die mit geschlossenen Augen da lag und es widerstandslos geschehen ließ, die flaumige Scham zu küssen und schließlich ihre Scheide zu lecken.

Julia erwachte.

Es war kein Traum, aber es war auch kein Prinz.

Ein Wolf war es, der, schwanzwedelnd, genüsslich an ihr herummachte.

Julia erschrak. Sie dachte an die Lehre ihres Vaters vom Guten in allen Kreaturen und an die Warnungen ihrer Mutter und wusste nicht, wie sie sich verhalten sollte. Sie wagte nicht, sich zu bewegen. Mit geschlossenen Augen ließ sie den Wolf deshalb weiter gewähren und stellte fest, daß sie es genoß. Schließlich wurde es ihr lästig und sie sprang mutig auf.

„Schäm dich, du Mistvieh!", schrie sie ihn an.

Erschrocken wich der Wolf zurück und starrte sie begierig an.

„Warum soll ich mich schämen?", erwiderte er hechelnd. „Du bist doch heiß und das macht mich natürlich geil!"

„Das gibt dir Wüstling nicht das Recht, schamlos meinen Schlaf auszunutzen; außerdem bin ich keine Wölfin!"

„Oh, das macht gar nichts!", reagierte der Wolf gelassen. „Ich treibe es hier im Wald mit jeder, wenn sie heiß ist. Du solltest mal die Bärin und die Rehe fragen!", ergänzte er nicht ohne Stolz. „Außerdem: was treibst du dich allein hier im Wald herum?"

„Ich treibe mich nicht herum", empörte sich Julia. „Ich bin auf dem Weg zu meiner Großmutter in der Holzfällerhütte, um ihr etwas zum essen zu bringen!"

„Darf ich dich denn wenigstens dorthin begleiten?", fragte der Wolf arglistig. „Ein männlicher Schutz ist ja nie verkehrt, wenn du verstehst, was ich meine".

„Danke, auf deine Art von Schutz kann ich verzichten, wenn du verstehst, was ich meine!"

Der Wolf grinst unverschämt.

„Wie du meinst – aber vielleicht sehen wir uns doch wieder", erwiderte er lauernd und trabte eilig davon.

Julia erhob sich, brachte ihre Garderobe in Ordnung und schritt so zügig fürbaß, wie das ihre hochhackigen Schuhe auf dem holprigen Waldweg zuließen.

Als sie die Holzfällerhütte erreichte, fand sie die Tür offen, aber von der Großmutter keine Spur. Enttäuscht stellte sie die Tasche mit den Lebensmitteln auf dem Küchentisch ab; nur allzu gerne hätte sie gewusst, ob die kluge alte Frau eine Veränderung an ihr bemerken würde.

Plötzlich hörte sie Geräusche aus dem Schlafraum.

Julia trat vorsichtig in das verdunkelte Zimmer und fragte leise in die Dunkelheit hinein: „Großmutter, bist du es?"

„Natürlich bin ich es – oder meinst du, es sei der Wolf?", kam die Antwort mit ungewohnt rauher Stimme.

Julia konnte wegen der Dunkelheit nichts erkennen: „Großmutter, liegst du im Bett?"

„Das siehst du doch!", kam die rauhe Stimme aus dem Bett.

„Es ist so dunkel hier; ich kann dich nicht erkennen, Großmutter", erwiderte Julia.

„Komm näher, dann siehst du mich".

Julia tastete sich an das Bett der Großmutter heran.

„Warum hast du eine so raue Stimme?"

„Weil ich erkältet bin, du dummes Ding".

Allmählich hatten sich Julias Augen an die Dunkelheit gewöhnt.

„Wieso hast du so große Ohren?", staunte sie.

„Damit ich dich besser hören kann", kam die gereizte Antwort.

„Und wieso hast du..." – weiter kam sie nicht.

„Genug jetzt!" Es war der Wolf, der im Bett der Großmutter lag.

Er schlug die Bettdecke zurück, um sich Julia in seiner ganzen männlichen Pracht zu zeigen, und zog sie blitzschnell zu sich ins Bett. Julia schrie erschrocken auf – wobei unklar war, worüber im einzelnen oder am meisten: über den Wolf im Bett der Großmutter, über sein männliches Prachtstück oder über seine Zudringlichkeit.

Der Wolf sprang auf die wild strampelnde Julia, packte sie mit weit aufgerissenem Maul an der Gurgel, ohne sie jedoch zu beißen, bis Julia aufhörte, sich zu wehren. Mit seinen Hinterläufen riß der Wolf ihr den Slip herunter, stieß brutal seinen

Penis in Julias Scheide und fickte sie heftig und schnell nach Wolfsart.

Julia lag starr und bewegungsunfähig unter dem Gewicht des Wolfes, dessen Maul weiter an Julias Gurgel saß, so daß sie seinen heißen Atem spürte und sein übler Mundgeruch ihr in die Nase stieg. Sie spürte die heftigen Stöße in ihrer Möse und fühlte dabei eine wohlige Erregung in sich aufsteigen, wie sie sie bisher noch nie gekannt hatte. Ihre Verkrampfung löste sich allmählich unter den ruckartigen Stößen des Wolfes und hitzige Schauer durchströmten ihren Körper, unter denen sie anfing, immer lauter zu stöhnen. Plötzlich wurde die Tür aufgerissen. Herein stürzte der junge Prinz, der das Stöhnen im Vorbeireiten gehört hatte und stürzte sich auf den Wolf.

Den Rest der Geschichte kennen Sie ja – aber den glaubt ohnehin kein vernünftiger Mensch.

Nur so viel noch:

Der junge Prinz – nicht von schlechten Eltern – ließ sich von Julia für ihre Errettung gleich anschließend im Bett der Großmutter reichlich belohnen – mit der Folge, daß die beiden schließlich heiraten mussten.

Was die Fama allerdings schamhaft zu verschweigen pflegt:

Der Knabe, den Julia bald darauf gebar, war schwachsinnig und lernte nie sprechen, sondern gab nur Knurrlaute von sich, die allein seine Mutter verstand.

Familienbande
(Nichts für Jugendliche unter 18 Jahren)

Das Dritte Reich und der Zweite Weltkrieg - wer von den Überlebenden erinnert sich nicht mit Schaudern an die damalige Zeit, die auch für jene Deutschen, die daheim bleiben durften, alles andere als ein Honigschlecken gewesen ist. Dennoch war man hinterher froh, überlebt zu haben. Die Schrecken jener Zeit schweißten die Familien zusammen und man half sich gegenseitig, so gut man konnte.

Vater Geyer war Schuster von Beruf, und weil er Mitglied der NSDAP war, wurde er sogar zum Obermeister der Schuster-Innung berufen, die seit Kriegsbeginn allerdings nur noch auf dem Papier existierte. Der Nationalsozialismus machte ihm keinen Spaß - anders, als den meisten anderen Angehörigen der sogenannten Volksgemeinschaft, und den „Führer" mochte er nicht, weil seine Frau Marta ihn mochte.

Vater Geyer war ein friedliebender Mensch und wegen verschiedener Zipperlein, die er angeblich hatte, als nicht diensttauglich vom Kriegsdienst freigestellt worden und blieb daher bei seinem Leisten.

Töchterchen Bärbel und Sohn Harald schliefen von klein auf im gemeinsamen Kinderzimmer und immer, wenn Bärbel sich fürchtete, kletterte sie zu ihrem Bruder ins Bett. Und sie fürchtete sich gern, seit sie spürte, wie das Ding zwischen seinen Beinen hart und steif wurde, sobald sie es in die Hand nahm oder wenn seine Finger zwischen ihren Schenkeln fummelten, bis sie naß waren. Auch ihm gefiel dies besser als das ständige

Onanieren.

Eines Tages - oder genauer: eines Nachts - machten sie Nägel mit Köpfen. Und nachdem sie feststellten, daß es ihnen Spaß machte, machten sie es immer wieder, auch wenn Bärbel sich nicht fürchtete.

An einem Sonntagmorgen, als die beiden scheinbar das Frühstück ganz verschlafen hatten, ging Vater Geyer schließlich ins Kinderzimmer, um sie zu wecken. Doch sie waren längst wach und in Haralds Bett sehr miteinander beschäftigt.

Vater Geyer blieb sprachlos im Türrahmen stehen. Als er sich gefaßt hatte, sagte er lediglich: „Ihr treibt‚s ja mächtig miteinander!", und verschwand wieder aus dem Zimmer. Nachdem er seiner Frau am Frühstückstisch von dem schamlosen Treiben der Kinder berichtet hatte, dessen Augenzeuge er soeben im Kinderzimmer war, kam man nach kurzer Beratung zu dem Ergebnis, daß es so vielleicht besser sei, als wenn die Bärbel sich mit anderen Jungen herumtreibe und der Harald vielleicht fremde Mädchen schwängere. Vielleicht sei das auch ganz normal für Jugendliche ihres Alters von fünfzehn und sechzehn Jahren. Andere Geschwister würden es sicherlich auch machen. Man sollte also dem Ganzen keine große Bedeutung beimessen. Und, wie gesagt, Vater Geyer war ein friedliebender Mensch.

Als die beiden schließlich sehr verlegen am Frühstückstisch erschienen und ihre Eltern die Angelegenheit mit Schweigen übergingen, deuteten sie das erleichtert als stillschweigende Erlaubnis, es weiterhin miteinander treiben zu dürfen, ohne irgendwelche Sanktionen elterlicherseits befürchten zu müssen.

Aber Vater Geyer betrachtete von Stund an seine Tochter mit anderen Augen, und Tochter Bärbel spürte es nicht ohne Wißbegier. Scheinbar nachlässig ließ sie es zu, daß ihr Vater sie im Bad nackt sehen durfte oder wenn sie breitbeinig auf der Toilette saß und scheinbar vergaß, die Tür zu verschließen. Wenn er in der Wohnung war, lief sie gern in Unterwäsche umher und die Mutter wagte nichts zu sagen, wenn sie die begehrlichen Blicke ihres Mannes sah, mit denen er seiner Tochter folgte.

Als Vater Geyer eines Tages mit Tochter Bärbel allein in der Wohnung war, nutzte er die Gelegenheit, sich seiner Tochter zu nähern. Er lud sie ein, sich auf seinen Schoß zu setzen, was sie ohne Zögern und erwartungsvoll tat. Dann sagte er ihr, welch tolle Figur sie habe und streichelte zum Beweis ihre üppigen Brüste; was sie als Einladung verstand, ihm zwischen die Beine zu fassen; was er zum Anlaß nahm, ihren Rock hochzustreifen, um bei ihr das gleiche zu tun; was sie als Erlaubnis betrachtete, seine Hose zu öffnen und seinen Penis herauszuholen und ihm zu sagen, daß sein Glied viel größer sei als das ihres Bruders; was ihm Mut machte zu der Frage, ob sie ihn denn mal im eigenen Leibe spüren wolle; was sie mit Ja beantwortete - aber nur, wenn auch er es möchte. Und so gab ein Wort das andere und nachdem alles gesagt war, wußten beide nicht mehr, wer was gesagt hatte, und am Schluß wollte keiner etwas gesagt haben. Schließlich kamen beide zur Sache, und Vater Geyer stieß bei seiner Tochter auf keinerlei Gegenwehr, als er zustieß; im Gegenteil: sie gab sich ihrem Vater hin, als habe sie darauf gewartet, daß es endlich geschehe.

Danach hatte Bärbel nichts Eiligeres zu tun, als voller Stolz ihrem Bruder davon zu berichten, als der aus der Schule heim kam. Harald wurde zwar eifersüchtig, aber er traute sich nicht, bei ihr gegen den Vater ältere Rechte geltend zu machen. Als

Bärbel es selbstbewußt ihrer Mutter verkündete, gab die ihr eine Ohrfeige und nannte sie ein Flittchen; sie solle sich „was schämen und gefälligst den Mund halten". Der Mutter war es wichtiger, das Ansehen der Familie zu wahren als schmutzige Wäsche zu waschen. Nachdem alle Familienmitglieder auf diese Weise informiert waren und es stillschweigend schluckten, sah Vater Geyer keinen Grund mehr für ein schlechtes Gewissen wegen seiner amourösen Beziehung zu seiner Tochter, zumal Bärbel stolz darauf war, von Vater und Bruder gefickt zu werden.

Inzwischen war Sohn Harald 17 Jahre alt, strammer Hitlerjunge, ging in eine Schreinerlehre und konnte es kaum erwarten, zum Militärdienst einberufen zu werden, während seine Mutter aus Begeisterung für den „Führer" der „NS-Frauenschaft" beigetreten war und mit Tochter Bärbel, strammes 16-jähriges BDM-Mädel, unförmige Fausthandschuhe für die Frontsoldaten nähte, die jede Bedienung einer Handfeuerwaffe unmöglich machten. Die Handschuhe wurden täglich von strammen Hitlerjungen abgeholt, die gleichzeitig Nachschub an Material für weitere Fausthandschuhe brachten. Ein Ende dieser Prozedur war nicht abzusehen, es sei denn, der Krieg würde irgendwann aufhören. Stattdessen schien er immer schlimmer zu werden und immer näher zu kommen. Nachts zerbombten schon feindliche Flugzeuge die deutschen Städte und die Bewohner waren gezwungen, in Luftschutzbunkern Zuflucht zu suchen.

Auch Familie Geyer blieb von diesen Unbilden des Krieges, den der Führer für sein Volk führen ließ, nicht verschont. In dem fünfstöckigen Mietshaus, das sie mit vierzehn anderen Familien bewohnten, und in dem Vater Geyer im Erdgeschoß neben der Wohnung seine Werkstatt hatte, war ein großer Kellerraum ebenfalls als Luftschutzkeller deklariert und hergerichtet worden, in welchem sich bei jedem Luftalarm zusätzlich die zum Teil stark dezimierten Familien aus mehreren Nachbarhäusern zusammendrängten - jüdische Familien, soweit sie noch nicht deportiert waren, hatten keinen Zutritt, und von den meisten „arischen" Familien fehlten die wehrfähigen Männer, weil sie an irgendeiner Front kämpften, soweit sie nicht verwundet in einem Lazarett lagen oder schon gefallen waren, oder weil sie anderweitige kriegswichtige Dienste für Führer, Volk und Vaterland leisten mußten. Trotzdem gab es immer noch erstaunlich viele Männer unter den Zuflucht Suchenden.

Vater Geyer war, weil er Parteimitglied war, auch zum Luftschutzwart ernannt worden; das bedeutete, daß er für Disziplin und Ordnung im Luftschutzkeller zu sorgen hatte. Doch mit beidem nahm er es nicht so genau, so daß alles am Blockwart hängen blieb. Als absehbar wurde, daß es eine zumindest längerfristige Angelegenheit würde, hatte man sich in den Kellerräumen, so gut es ging, häuslich eingerichtet, indem die ständigen Benutzer sich Ecken mit Matratzen ausgestattet hatten, auf denen sie die Zeit bequemer zubringen konnten als auf den harten Holzbänken zu sitzen, die das Hauptinventar eines Luftschutzkellers ausmachten. Als Luftschutzwart hatte Vater Geyer seiner Familie die seiner Ansicht nach beste Ecke reserviert - sogar mit Namensschild - und mit den größten Matratzen versehen, deren er beim Ausräumen einer ehemaligen Judenwohnung habhaft werden konnte.

Trotz allem ging es bei jedem Luftalarm eng zu in dem Keller und die einzelnen Familien lagen dicht an dicht und die einzelnen Familienmitglieder ebenfalls. Allerdings war während der Bombenangriffe nicht an Schlafen zu denken. Lesen war ebenfalls kaum möglich, da immer wieder das Licht ausging und es die meiste Zeit dunkel war im Keller. Übrig blieb daher als Beschäftigung nur Handarbeit oder richtig Ficken. Und immer, wenn das Licht ausging - und es ging immer wieder aus - hörte man aus allen Richtungen und Ecken außer dem ständigen Geplärre von Klein- und Kleinstkindern, lebhaftes Stöhnen, das anfangs sofort aufhörte, wenn die Sparbeleuchtung wieder anging; doch je mehr sich Endzeitstimmung ausbreitete, um so weniger ließ man sich davon irritieren. Auch Vater Geyer nicht, als er in dieser Nacht wieder, von der Luftschutzsirene aus dem Halbschlaf gerissen, mit seiner Familie, nur mit Schlafanzug beziehungsweise Nachthemd und Mänteln darüber bekleidet, in ihre Ecke im Luftschutzkeller geflohen war.

Vater und Mutter Geyer lagen außen, ihre beiden Sprößlinge zwischen ihnen: Tochter Bärbel zwischen Vater und Bruder Harald, neben diesem seine Mutter. Man hörte das Dröhnen der Bomberverbände, die den Ort überflogen - offenbar mit einem entfernteren Ziel. Dennoch gingen die Lichter aus und man wartete auf Einschläge, oder auch nicht. Wieder hörte man das typische Stöhnen aus verschiedenen Ecken, bis die schwachen Lichter wieder angingen.

Vater Geyer, der im Dunkeln seine Tochter gefickt hatte, entschuldigte sich bei ihr.

„Ist schon gut!", erwiderte sie artig.

Kurze Zeit später ging das Licht wieder aus und Vater Geyer machte weiter. Als das Licht wieder anging, entschuldigte er sich erneut, aber diesmal glaubte es ihm seine Tochter nicht mehr und sie drehte sich auf die andere Seite, weil ihr Vater sie belogen hatte.

Wieder ging das Licht aus und ihr Bruder nutzte seine Chance, endlich auch seine Schwester fögeln zu können, ohne daß sich die ganze Familie darüber laut aufregen konnte.

Seiner Schwester war es egal; Hauptsache, sie wurde gefickt.

Als das Licht wieder anging, entschuldigte sich ihr Bruder bei ihr. Wütend knallte sie ihm eine:

„Was soll das? Entweder du fickst mich, oder du läßt es sein, wenn es dir nicht gefällt!"

Enttäuscht drehte sie sich wieder auf die andere Seite. Ihr Schimpfen war im Donner von explodierenden Bomben untergegangen. Der Blockwart rannte aus dem Keller, um zu sehen, wo es eingeschlagen hatte. Ein Nachbarhaus war getroffen worden und aus seinen geborstenen Fenstern schlugen helle Flammen. Zurückgekehrt in den Keller, schrieb er hastig eine entsprechende Nachricht für die Kommandantur auf einen Zettel, stopfte ihn in eine leere Gewehrpatrone und reichte sie der Bärbel.

„Heute bist du als Kurier an der Reihe!", und schon ging das Licht wieder aus.

Bärbel nahm die Patrone und wollte sie in ihre Muschi stecken (unter Frauen galten die Patronenhülsen, tief genug eingeführt, als probates Mittel zur Empfängnisverhütung, wenn man die Nebenwirkungen ignorierte), aber dort verklemmte sie sich; ihr Vater war mit seinem Penis schneller. Ihr war es lieber so, daß ihr Vater auf ihr lag, als heimlich durch die brennende Häuserzeile zu rennen (es war verboten, sich nachts und während Fliegeralarmen ohne Passierschein draußen aufzuhalten), möglicherweise von Soldaten oder, was schlimmer war, von SS-Männern aufgegriffen zu werden und sich die Freiheit durch Vergewaltigung erkaufen zu müssen, wie es anderen jungen Mädchen angeblich schon ergangen war. Hier wußte sie, was sie hatte und wer sie hatte.

Als das Licht wieder anging, empörte sich Mutter Geyer: „Muß das sein?"

Vater Geyer stellte sich dumm: "Was ist denn?"

„Du fickst jetzt deine Tochter schon zum 3. Mal!"

„Du bist ja nur eifersüchtig. Dein Sohn ist doch auch noch da!"

„Der möchte aber lieber seine Schwester ficken".

„Dann muß er eben warten. Außerdem liegst du auf der verkehrten Seite, sonst wäre das gar nicht passiert!"

Bärbel hielt sich aus den Streitereien ihrer Eltern heraus. Ihr genügte es, jung, hübsch, blond und begehrenswert zu sein. Und gefickt zu werden.

Laut empörte sich Vater Geyer beim Blockwart, mit der Patronenhülse in der Hand: „Ich werde meine Tochter nicht dem Führer opfern. Mein Sohn soll gehen!"

Laut empörte sich Mutter Geyer: „Kommt überhaupt nicht infrage; mein Sohn bleibt hier!"

„Komm her, mein Junge!", flüsterte sie und nahm ihn in ihre Arme.

Wieder ging das Licht aus. Noch immer erbost über ihren Mann, zog Mutter Geyer ihr Nachthemd hoch und führte die Hand ihres Sohnes zwischen ihre Schenkel. Dankbar ergriff Harald die ihm dargebotene Gelegenheit, endlich auch seine Mutter fögeln zu dürfen, ohne daß die restliche Familie sich darüber aufregen würde. Dabei stellte er fest, daß seine Mutter viel aufregender war als seine Schwester, die ihn bei früheren Gelegenheiten oft als Schlappschwanz bezeichnet hatte. Unterdessen hörte er, wie sein Vater wieder seine Schwester fögelte.

Es blieb diesmal besonders lange dunkel im Keller und die lebhaften Geräusche aus der Ecke der Familie Geyer - aber auch aus anderen - wurden entsprechend lauter. Es konnte ja die letzte Gelegenheit sein und keiner wollte sich diese wie auch die nächste letzte Gelegenheit entgehen lassen.

„Ruhe!", rief ein älterer Mann, „man hört ja nicht mal mehr die Bomben fallen!"

Aber da kam auch schon Entwarnung und alle verließen seufzend4u den Luftschutzkeller.

Vater Geyer nahm sich vor, seine Tochter künftig noch besser und noch häufiger zu beschützen; Mutter Geyer nahm sich vor, sich ab sofort ganz ihrem Sohn zu widmen, so lange er noch nicht zum Militär musste; Sohn Harald dachte darüber nach, wie er sich vor dem Militärdienst drücken konnte, um nur noch Minnedienst bei seiner Mutter zu leisten und Tochter Bärbel hoffte, daß alles so bliebe, wie es war.

Zwei Tage später wurde Vater Geyer verhaftet wegen Befehlsverweigerung, Wehrkraftzersetzung, Widerstand gegen die Staatsgewalt und was es sonst noch gab, damals (bekanntlich hatte er sich gegenüber dem Blockwart laut geweigert, seine Tochter dem Führer zu opfern). Man machte kurzen Prozeß mit ihm.

Sohn Harald kam nur noch für kurze Zeit als Flakhelfer zum Einsatz, dann war der Krieg vorbei. Aus der HJ- und der BDM-Uniform ihrer Kinder nähte Mutter Geyer sich ein schickes Kostüm, dem man allerdings seine Herkunft ansah, und Sohn Harald mußte sich nun Tag und Nacht um die Familie kümmern; das tat er pflichtbewußt und gern, besonders nachts. Er schlief jetzt nicht mehr mit seiner Schwester zusammen, zumal sie schwanger war, sondern im Ehebett, bei seiner Mutter. Das gefiel ihm besser; seiner Mutter auch.

Seine Schwester brachte nach neun Monaten einen strammen

Jungen zur Welt und niemand wußte, wer der Vater war, selbst die Mutter des Kindes nicht. Aber ihr Bruder kümmerte sich liebevoll um den Kleinen. Laut Sprachregelung der Familie Geyer war er das Produkt einer Vergewaltigung, basta, und Angelegenheit von Mutter Bärbel war es, sich dazu eine traurige, aber glaubhafte Geschichte auszudenken. Auch Mutter Geyer wurde noch mal schwanger, ließ jedoch rasch abtreiben, als sie es merkte. Es war der Freundschaftsdienst* eines pensionierten, sehr praktischen Arztes, der mit Harald zusammen als Flakhelfer im Einsatz gewesen war. Dafür bekam er von Mutter Geyer ein halbes Pfund Butter und Harald baute ihm neue Fenster in seine halb zerstörte Villa ein.

Wie schon gesagt: Es waren schreckliche Zeiten damals. Aber sie schweißten die Familien zusammen. Und man half sich gegenseitig, so gut man konnte. Das Andenken an Vater Geyer als Widerstandskämpfer gegen das Nazi-Regime wurde von der Familie stets in hohen Ehren gehalten; sein Bild stand immer auf dem Buffet im Wohnzimmer.

---

* die Abtreibung, nicht die Schwangerschaft

Eine gelungene Party
(Nichts für Jugendliche unter 16 Jahren)

Wie üblich, endeten bei Robert und Rita die Vorbereitungen für den Besuch einer der zahlreichen Parties in der zahlreichen Nachbarschaft mit einem Ehekrach. Robert, der diese Parties haßte, brachte seinen Missmut in betont salopper Kleidung zum Ausdruck, während seine Frau sich chic machte und seinen „Aufzug" begreiflicherweise „unmöglich" fand, was ihn mit grimmiger Freude erfüllte. Und wie üblich, gab er schließlich wutschnaubend nach und warf sich „in Schale", wie er es verächtlich nannte. Nachdem dieser Programmpunkt abgearbeitet war, der jedes Mal aufs Neue zum Prüfstein über Macht und Ohnmacht zwischen den beiden Eheleuten wurde, marschierten sie los, schweigsam und übel gelaunt – sie in einem gewagten Partykleid und wütend wegen ihrer bereits chronischen Verspätung, er im dunklen Anzug und verdrossen wegen seiner neuerlichen Kapitulation.

Ort des heutigen Geschehens war diesmal der bescheidene, aber gepflegte Bungalow von Manfred Küster und Ehefrau Sabine – beide in den vierziger Jahren wie Robert und Rita – im selben Hypothekenviertel vor den Toren von Bonn, und nur wenige Schritte entfernt von der eigenen „Datscha", wie Robert seine Villa nannte.

Auf ihr Klingeln öffnete ihnen Michael, der neunjährige Sohn. Aus dem Partykeller scholl ihnen bereits Tanzmusik und lärmende Fröhlichkeit entgegen, als sie die Treppe hinabstiegen. Beim Eintreten wurden sie mit dem üblich vielstimmigen Hallo von den schon anwesenden Gästen empfangen. Da Robert wie üblich vergessen hatte, daß es sich um eine Geburtstagsparty handelte und daher auch nicht wußte, wer das Geburtstagskind war, ließ er seiner Frau den Vortritt beim viel zu herzlichen Begrüßungs- und Glückwunschzeremoniell, das diesmal dem glatzköpfigen Hausherrn galt, der – ebenfalls wie üblich – sich hinter seinem Bar-Tresen als Schankwirt, Barkeeper und Kellner betätigte, während seine Frau, blond und üppig, von ihrem Barhocker aus die Honneurs machte.

Der Partyraum war von Kerzen auf den Clubtischen und der Bar nur spärlich beleuchtet. Entlang von drei Wänden gab es kleine Kojen mit niedrigen Polsterbänken, auf denen dicht gedrängt die übrigen Paare aus der Nachbarschaft saßen. Bei seiner Begrüßungsrunde musste Robert feststellen, daß er und seine Frau overdressed waren, was seiner zur Schau getragenen guten Laune nicht gerade förderlich war.

Während Rita noch irgendwie Platz zwischen den übrigen Gästen fand, machte es sich Robert an der Bar bequem, direkt an der Seite der Gastgeberin, die ihn, bereits leicht angeheitert, ihre Dankbarkeit für seine Gesellschaft spüren ließ. Ihr sinnlicher Körper machte ihn an, schon seit langem, und sie wusste es, auch schon seit langem. Robert ließ sich Wein einschenken und holte Sabines Vorsprung mühelos auf. Mit lüsternen Blicken tastete er ihren Körper ab, während er mit ihr small talk machte, was wegen der lauten Musik nicht leicht war. Aber die Musik musste auf Verlangen der Tanzenden so laut spielen, um den Gesprächslärm zu übertönen, was wiederum der Lärmpegel der Unterhaltungen steigerte, um gegen die Lautstärke der Musik anzukommen. Um bei Sabine Gehört zu finden, musste Robert sich also dicht an Sabines Ohr beugen und den Arm um ihre Schulter legen, wie das unter guten Freunden üblich ist. Und hier waren alle gute Freunde, denn alle waren per Du.

Robert tanzte hin und wieder mit Sabine, und wenn ihm die Hausherrin entführt wurde, auch mit anderen Frauen, oder genoß mit dem Glas in der Hand seine splendid isolation auf seinem Barhocker. Da die Musik anschmiegsam und die Beleuchtung intim waren, schmiegte er sich beim Tanzen entsprechend eng an seine Partnerinnen und es schien sie nicht zu stören, wenn er sie die Erektion in seiner Hose spüren ließ: sei es, daß es sie erregte oder daß es sie stolz machte, erregend auf den Mann in ihren Armen zu wirken – oder gar beides; sei es, daß sie sich oder ihn erregen wollten – oder beide. Und auch der Alkohol leistete seinen gewünschten Beitrag zur Lösung von Hemmungen bei Annäherungsproblemen.

Fast dreitausend Jahre alte Rituale brachen an diesem Abend wieder aus den Tiefen des Ungewußten hervor: Die Heroen zechten beim Gelage, um im Rausch Dionysos, Eros und anderen Göttern des Symposions Tribut zu zollen. Nur die halbnackten Hetären waren vertrieben worden von den eifersüchtigen Ehefrauen, die nun selbst in deren Rollen schlüpften und sich den Männern hingaben, um zu verhindern, daß es die anderen taten.

Mitten in das Partytreiben platzte als Überraschungsgast „der Minister" mit seiner Gattin, um dem Hausherrn zu gratulieren. Auch er hatte sich in einem Bungalow nicht weit von dem Hypothekenviertel angesiedelt und ließ sich gerne zu solch volkstümlichen Vergnügungen einladen. Während seine Frau an der Bar von der Gastgeberin vereinnahmt wurde, fand der Minister einen freien Platz neben Petra Müller, der Frau eines Finanzbeamten, dem man die Ärmelschoner ansah, obwohl er keine trug. Seine Frau passte gut zu ihm: knöchern und etwas vertrocknet.

Robert nutzte die Gelegenheit, da sich die allgemeine Aufmerksamkeit auf die Neuankömmlinge konzentrierte, und verschwand mit seiner letzten Tanzpartnerin in ein dunkles Zimmer im Erdgeschoß, wo sie sich heftig umarmten und küssten, während er ihren Busen knetete und sie sich an seinem Hosenschlitz zu schaffen machte. Gerade, als er ihr unter den Rock fassen wollte, ging das Licht an und neugierig schaute der kleine Michael herein. Erschrocken ließen die beiden von einander ab. Robert hätte den Kleinen am liebsten geohrfeigt.

„Verschwinde!", zischte er ihn wütend an, der ebenfalls erschrocken, wegrannte.

Robert und seiner Tanzpartnerin war die Lust auf mehr Lust vergangen. Doch auf dem Rückzug ins allgemeine Getümmel versäumte Robert nicht, mit ihr noch hastig einen Hausbesuch zu verabreden:

„Morgen?"

„Ja".

„Wann?"

„Nach neun".

„Ich komme".

Ihr Mann würde dann bereits im Wirtschaftsministerium seinen dortigen Amtspflichten nachgehen. Als Journalist mit unregelmäßigen Arbeitszeiten konnte Robert sich solche Eskapaden zeitlich leisten. Er kehrte allein in den Partyraum zurück, während sie zunächst in die Gästetoilette verschwand, um erst später, getrennt von ihm, wieder aufzutauchen.

Sabine Küster saß auf ihrem Barhocker und hatte Robert schon vermisst.

„Ich musste deinen Platz bereits verteidigen!", meinte sie vorwurfsvoll mit beschwipster Stimme. Robert nutzte die Gelegenheit, sie leutselig in die Arme zu nehmen, um ihr mit gespielter Dankbarkeit einen Kuß zu geben, den er jedoch in einen endlosen Zungenkuß umfunktionierte, dem sie sich ohne Zögern aktiv und lustvoll hingab. Nachdem er wieder seinen Platz neben ihr auf dem Barhocker eingenommen und ein weiteres Glas Wein geleert hatte, fasste er sie freundschaftlich um die Hüfte und ließ seine Hand allmählich unter ihren hochgeschlitzten Rock gleiten, bis seine Finger ihre Schamhaare berührten. Zu seiner Überraschung stellte er fest, daß sie keinen Slip anhatte und zu seiner Verblüffung ließ sie ihn gewähren. Und so wagte er es, sich weiter vorzutasten, bis er mit seinen Fingern ihre Scheide berührte. Sie hielt ganz still, als er mit dem Zeigefinger ihren Kitzler streichelte und ihn schließlich in ihre Vagina steckte, die sich ihm warm, weich und feucht entgegen bog. Schweigend schauten beide in ihre Gläser, um ihre aufkommende Erregung zu verbergen. Nach einer Weile zog Robert seine Hand zurück und hielt sich die Finger an die Nase, um den Duft ihrer Möse zu genießen. Als er merkte, dass sie ihn dabei beobachtete, hielt er ihr seine nassen Finger ebenfalls an die Nase. Begierig sog sie ihren eigenen Geruch ein.

„Wollen wir tanzen?", fragte sie mit gespielter Harmlosigkeit. Sie zog ihn auf die winzige Tanzfläche, zwischen die übrigen Tanzpaare, und schmiegte sich eng an ihn. Doch statt den Arm um seinen Nacken zu legen, schob sie ihn vorn in seine Hose, bis sie seinen steifen Penis in der Hand hielt, der unter den sanften Liebkosungen ihrer Finger zu nässen begann. Das alles geschah wortlos, während sie tanzten und ihre Gesichter glühten. Die Musik endete.

„Ich muß mal auf die Toilette", flüsterte sie ihm zu und ließ seinen Penis los. „Ich komme gleich nach!", erwiderte er reflexartig und grinste dabei unverschämt.

Sabine verschwand und Robert kehrte an die Bar zurück, um sich vom Hausherrn, der von allem anscheinend nichts mitbekommen hatte, ein weiteres Glas Wein einschenken zu lassen. Aus irgend einer Ecke hörte er das lustvolle Gelächter seiner Frau, wenn einer der Männer um sie her eine frivole Bemerkung machte oder körperliche Annäherung versuchte, deren sie sich nur halbherzig erwehrte.

Robert trank sein Glas leer und verließ den Raum. Er ging die Treppe hoch und suchte das Badezimmer. Die Tür war nur angelehnt. Als er leise eintrat, stand Sabine über das Waschbecken gebeugt und wusch sich die Hände. Robert schloß die Tür von innen ab und zog, ohne ein Wort zu sagen, von hinten Sabines Rock hoch und öffnete seine Hose. Sie spreizte leicht ihre Schenkel, so daß sein Glied sofort die nasse Öffnung ihrer Muschi fand und tief in sie eindringen konnte. Schweigend fickte er sie von hinten, während sie sich mit beiden Händen auf dem Beckenrand abstützte. Das Wasser lief weiter und sein Rauschen übertönte ihr Ächzen unter seinen heftiger werdenden Stößen.

Nachdem er sich mit einem Stöhnen in sie entleert hatte, blieb er noch einen Moment keuchend über sie gebeugt, um sich ein wenig zu erholen. Dann packte er seine Genitalien ein und verließ Sabine und den Raum – ebenso wortlos, wie er gekommen war, während sie sich erneut wusch, diesmal auch ihr erhitztes Gesicht.

Robert kehrte an die Bar zurück. Der Hausherr hatte inzwischen sein Weinglas nachgefüllt und Robert prostete ihm zu.

Kurz danach tauchte auch Sabine wieder auf. Sie blieb an der Bar neben Robert stehen und lächelte ihm vielsagend zu. Beide schwiegen. Nach einer Weile schaute sie ihn erneut lächelnd an und dirigierte seinen Blick hinab zu ihren Füßen. Auf dem Fußboden schimmerten ein paar Tropfen Flüssigkeit im Kerzenlicht. Robert traute seinen Augen nicht, doch ihr amüsierter Blick bestätigte seinen Verdacht: es tropfte aus ihrer Scheide und es schien ihr zu gefallen.

Der Minister hatte sich inzwischen bei Petra Müller häuslich eingenistet. Nachdem er seinen linken Arm um ihre Schulter gelegt hatte, dauerte es nicht lange, bis seine Hand den Weg in ihr Dekolleté fand, wo sie nun auf ihrem flachen Busen mehr oder weniger ruhte, während seine Rechte den Bierkrug festhielt, aus dem er sich von Zeit zu Zeit bediente. So waren seine beiden Hände auf verschiedene Weise beschäftigt, ihn auf unterschiedliche Weise zu befriedigen. Petra Müller hingegen saß wie versteinert und wagte kaum zu atmen angesichts der unfassbaren Ehre, die ihr zuteil wurde. Sie fühlte sich geschmeichelt von so viel ministerieller Zudringlichkeit und verging fast vor Stolz – und Scham.

Die Frau des Ministers stand nach wie vor an der Bar und warf wütende Blicke auf die beiden, ohne den Mut aufzubringen, etwas gegen den Freimut ihres Mannes zu unternehmen. Stattdessen empörte sie sich beim Gastgeber, der seine Barkeeperpflichten vergaß, um zu retten was nicht zu retten war: „Ich versichere Ihnen, ich werde nicht zulassen, daß etwas hier geschieht, was Sie kompromittieren könnte!", raunte er ihr zu. Sein mißglückter Versuch einer Schadensbegrenzung verschlimmbesserte nur die Laune der Ministersgattin, die zornbebend die Stätte ihrer Schmach verließ und nicht mehr zurückkehrte.

Auch der Mann von Petra Müller schien wenig amused. Hektische Flecken röteten sein Gesicht, während er mit Roberts Frau so ausdrucksvoll wie möglich tanzte, um die Aufmerksamkeit der übrigen Partygäste auf sich umzulenken und dabei so tat, als sähe er nichts und niemand außer seiner Tanzpartnerin.

Mit schwankendem Gang kam ein anderer Nachbar auf die Hausherrin zu, um sie zum Tanzen aufzufordern. Er war von riesiger Statur, Ende fünfzig, Geschäftsführer einer örtlichen Brauerei und hatte dem Hausherrn das Bier zum Geburtstag gestiftet. Müde und erschöpft von ihren vorausgegangenen Ausschweifungen, folgte Sabine ihm artig aber widerwillig. Es galt, Dankbarkeit zu beweisen. Mühsam versuchte der Mann mit ihr ein paar offene Tanzschritte, doch er war zu betrunken und kam ins Torkeln. Sabine hielt ihn fest und mit glasigen Augen presste er sie daraufhin an seinen massigen Körper. Mit beiden Händen packte er ihren Hintern und begann, stimuliert von den sinnlichen Gerüchen, die ihr Körper verströmte, seinen Unterleib in schnellem Rhythmus gegen den ihren zu stoßen, bis er sich erleichtert hatte.

Robert hatte ihnen gleichgültig zugesehen. Auch die anderen hatten es verstohlen beobachtet, doch niemand sagte etwas. Schließlich stand seine Ehefrau auf, eine kleine, zierliche Person, und unterbrach seinen Begattungstanz.

„Komm, wir gehen jetzt", sagte sie zu ihm, ohne Vorwurf in der Stimme. Widerstandslos folgte er ihr und beide verließen grußlos den Raum. Auch Robert ging zu seiner Frau, die auf dem Schoß eines anderen Nachbarn saß und sich nur wenig gegen dessen Bemühungen zur Wehr setzte, sie zu küssen.

„Ich gehe jetzt; kommst du mit oder willst du noch bleiben?", fragte er sie emotionslos.

„Ich gehe mit", entschied sie nach kurzem Überlegen und rutschte vom Schoß ihres Verehrers.

Unauffällig verließen sie die Party, deren Musik sie noch bis zur Haustür begleitete.

Draußen regnete es. Unentschlossen blieben sie unter dem Vordach vor der Haustür stehen. Schließlich rannten sie los. Doch es half nichts: obwohl es nur zirka fünfzig Meter bis zu ihrem Haus waren, kamen sie dort klitschnaß an.

Das ist die Strafe Gotte für unser lasterhaftes Verhalten heute Abend, dachte Robert, denn er wusste: Kleine Sünden bestraft der Liebe Gott sofort.

Beide hatten mit sich zu tun, aus den durchnässten Sachen heraus zu kommen und sie zum Trocknen aufzuhängen. Nachdem dies erledigt war und sie sich abgetrocknet hatten, ließen sie sich in die Betten fallen. Es war schon weit nach Mitternacht.

„Es war eigentlich eine gelungene Party", fand sie abschließend.

Das fand er auch. Dennoch wollte er auch künftig seinem Grundsatz treu bleiben, daß er solche Parties haßte.

Ein erotisches Tagebuch

(Achtung, Pornographie! Auf eigene Gefahr! Bitte erst nach der Lektüre aufregen und empören, sonst entgeht Ihnen etwas. Entsprechendes Formular finden Sie am Ende)

1. Tagebucheintrag

Ich stehe jetzt noch unter Schock – einem wohligen Schock, wie ich zugeben muß: Gestern rief mich meine Mutter an. Nach den üblichen Präliminarien erklärte sie mir auf die Frage, wie es ihr gehe: „Ich fühle mich unbefriedigt; ich brauche mal wieder einen Mann". Daraus entwickelte sich das folgende Gespräch:

„Du solltest wieder heiraten; Du bist doch noch immer eine attraktive Frau."

„Ich will aber keine feste Bindung mit all den Einschränkung und Rücksichtnahmen. Ich will nur wieder mal befriedigt werden, wenn Du verstehst, was ich meine. Kannst Du mir nicht helfen?".

„Was meinst Du damit?"

„Na, eben Sex mit einem Mann: ich möchte wieder mal einen Schwanz in der Hand halten und im Mund haben und vor allem in meiner Muschi fühlen - wenn Du das besser verstehst".

„Aber Mutter, so was sagt man doch nicht..!"

„Was sagt man denn? Ich will wieder mal durchgefickt werden?"

„… am Telefon! Wenn das jemand mithört!"

„Na und? Ich habe nichts zu verbergen und sehe keinen Grund, mich meiner ganz normalen Gefühle zu schämen. Beantworte mir lieber meine Frage".

„Welche Frage?"

„Kannst Du mir helfen? Ich will keinen One-night-stand mit einem wildfremden Mann."

„Wie meinst Du das denn?"

„Mein Gott, bist Du schwerfällig: mich zu befriedigen!?"

„Meinst Du das im Ernst oder habe ich es falsch verstanden?"

„Du hast mich schon richtig verstanden."

„Aber ich bitte Dich - ich bin Dein Sohn und Du bist meine Mutter!"

„Eben. Deshalb ist es für mich viel leichter, weil wir uns kennen und keine Hemmungen mehr vor einander zu haben brauchen".

„…und außerdem bin ich verheiratet".

„Das stört mich am allerwenigsten. Du sollst Dich ja nicht in mich verlieben und Du sollst auch nicht fremdgehen, denn es bleibt ja in der Familie."

Ihre Rechtfertigung wurde zunehmend leidenschaftlich und selbstbewußt, als sie fortfuhr: „Wir haben eine natürliche Beziehung und wenn Du in mich eindringst, wird sie lediglich vertieft. Es ist quasi die Heimkehr des verlorenen Sohnes dorthin, woher er gekommen ist; die Rückkehr aus der Außenwelt zurück in die Innenwelt. Die Natur erlaubt uns das zu tun, was eine verquere Erziehung verbietet, die auf althergebrachten religiösen Moralvorstellungen fußt, die von Menschen gemacht wurden und längst obsolet sind! Wir Menschen haben das Privileg, bewußt genießen zu können, was in der freien Natur einzig und allein dem Zwecke der Arterhaltung durch Fortpflanzung dient. Was also sollte uns daran hindern, das zu genießen, wonach ich ein natürliches Verlangen habe?"

Mir fehlten nicht nur die Worte, sondern auch die Gegenargumente. Alles, was sie gesagt hatte, war richtig. Die Fakten stimmten und ihre Deutung gab meiner Mutter recht und ihrem Wunsch eine logische Berechtigung. Damit waren wir schon Zwei – der Anfang für eine Volksbewegung.

Ich flüchtete mich in einen Gemeinplatz, dessen ich mich schämte, weil er erbärmlich war, zumal ich innerlich auf ihrer Seite stand und mich ihr nicht einmal verweigern wollte.

„Ich würde Dir ja gerne helfen, aber Du weißt doch, daß das verboten ist, was Du da von mir verlangst."

„Ihr Männer seid doch alle gleich: Ihr habt keine Hemmungen, eure Frauen mit anderen Frauen zu betrügen, aber wenn es darum geht, seiner eigenen Mutter einen kleinen Gefallen zu erweisen, um ihr einen legitimen Wunsch zu erfüllen, habt ihr plötzlich Skrupel und bekommt moralische Bauchschmerzen."

„Ich werde am Sonntag zu Dir kommen, dann können wir über alles reden; einverstanden?"

„Ich will nicht reden, sondern bumsen, wenn Du mich verstehst. Aber bitte sehr. Ich erwarte Dich und hoffe das Beste. Ich werde auf jeden Fall eine Flasche Sekt kühl stellen. Aux revoir, mein Liebster".

2. Tagebucheintrag

Als mich gestern meine Mutter an ihrer Haustür in Empfang nahm, erwartete mich die zweite Überraschung – eine nicht unangenehme, wie ich gestehe: vor mir stand eine Frau in den besten Jahren mit einer weiblich-weichen, noch fast makellosen Figur, die sie unter einer durchsichtigen Bluse und einem Minirock nicht verheimlichte. Die Bluse verbarg wenig von ihrem wunderschönen Busen, so wie der geschlitzte Rock ihre langen Beine offenbarte, die von schwarzen Strümpfen zusätzlich modelliert wurden und in hochhackigen Pumps ihren krönenden Abschluß fanden. Ein betörender Duft umgab sie beim innigen Begrüßungskuß – inniger, als er einem Sohn von seiner Mutter geziemt, und wurde von mir nicht nur akzeptiert, sondern ebenso ehrfurchtslos erwidert. Ihre Absichten waren auch für einen Ahnungslosen ebenso durchsichtig wie ihre Bluse.

Auf dem Couchtisch wartete bereits die Sektflasche im Sektkühler darauf, von mir geöffnet zu werden. Wir setzten uns nebeneinander und nach dem ersten gemeinsamen Schluck begann meine Mutter die Unterhaltung.

„Also? Du wolltest mit mir über alles sprechen. Tue es, aber fasse Dich kurz, umso mehr Zeit haben wir dann für uns!" Dabei legte sie einen Arm um meine Schulter und ließ die andere freie Hand über meinen Hosenschlitz gleiten; erwartungsfroh lächelte sie mich an.

Welch eine begehrenswerte Frau war meine Mutter, die da neben mir saß und mir freimütig alles an Weiblichkeit darbot, was ein Mann sich nur wünschen kann.

In meiner Verwirrung fiel mir nichts anderes ein, als ihren Arm und ihren Rücken zu streicheln und mir einen weiteren Schluck Mut anzutrinken: „Eigentlich ist ja schon am Telefon alles gesagt worden, was zu sagen war!"

„Das sehe ich auch so", flüsterte sie mir ins Ohr, ohne ihre übrigen Aktivitäten zu unterbrechen.

Nach der Begrüßung waren meine wenigen Vorsätze verflogen, und von meinen sachlichen Einwänden war jetzt nur noch einer übrig geblieben, der nicht stimmte, sondern eine Notlüge war:

„Du verlangst Unmögliches von mir!"

„Ich weiß, mein Schatz, aber glaube mir - wir beide können das Unmögliche möglich machen, wenn wir es wollen!" Wieder waren ihre Lippen nahe an meinem Ohr.

Sie knöpfte meine Hose auf, holte meinen Penis heraus und beugte sich über ihn, um ihn zu streicheln, bis er steif wurde und ließ schließlich die Eichel in ihren Mund gleiten.

Wonneschauer erfüllten mich und ich tastete mich nach ihren Brüsten vor, die auf meinem Schoß ruhten. Schließlich beugte sie sich lächelnd zurück, zog ihren kurzen Rock hoch und schob meine Hand zwischen ihre Schenkel, bis ich ihre weiche, warme Muschi erreichte, die zu meiner freudigen Überraschung nicht hinter einem Slip verborgen war.

Ich kannte meine Mutter nur als eine Dame mit etwas herausfordernder Eleganz. Auch jetzt hatte sie alles so elegant inszeniert, daß keine widrigen Umstände einem vollkommenen Erlebnis im Wege stehen sollten.

Willig durfte ich an ihrer Scheide fingern, die zunehmend feuchter wurde, während sie mit geschlossenen Augen meinen Penis heftig masturbierte und dabei zu keuchen begann. Ich weiß nicht mehr, wer von uns beiden anfing, den anderen auszuziehen, bis wir halb nackt in die Kissen der Couch fielen und ich zwischen ihren gespreizten Schenkeln meinen Schwanz in ihre Fotze stoßen durfte. Stöhnen und Stammeln begleitete unsere leidenschaftliche Vereinigung, die sich schließlich mit einem Aufschrei in einem heftigen, fast überstürzten gemeinsamen Orgasmus entlud und verstummte.

Keuchend und schwitzend lagen wir in glücklicher Erschöpfung eng umschlungen halb auf-, halb nebeneinander und unsere Küsse wollten keine Ende nehmen.

„Was wolltest Du noch sagen?", fragte sie mich nach einer Weile und lachte dabei leise.

„Ich habe es vergessen", erwiderte ich hilflos, aber glückselig in ihren Armen liegend.

„Du nimmst hoffentlich die Pille?", fiel mir nach einer Weile ein.

„Sie ist ein Gottesgeschenk, denn sie erlaubt es, endlich auch dieses letzte Sextabu in den Mülleimer zu werfen."

Wir hatten es nicht eilig, in die Wirklichkeit zurückzukehren.

Irgendwann standen wir auf und zogen uns wieder an.

„Du hast mir gut getan", meinte sie, als wir uns unter Küssen zögerlich verabschiedeten, und ich erwiderte: „Du mir auch!".

„Kommst Du wieder?"

„Gern, und bald."

„Versprochen?"

„Soll ich Dir versprechen, daß ich jetzt schon verrückt danach bin, Dich wieder zusehen?!"

„Schön, das aus Deinem Munde zu hören; ich danke Dir. Aber wiederzusehen genügt mir nicht. Ich will, daß Du Deine Mutter wieder durchfickst. Vergiß meine dumme Frage, aber versprich mir, daß Du meinetwegen nicht Deine Frau vernachlässigen wirst. Du weißt, ich mag sie".

„Ich werde mir Mühe geben; versprechen kann ich es nicht, weil ich nicht weiß, ob es mir gelingt".

Erneut küßten wir uns lange und heftig und ein letztes Mal glitt meine Hand über ihren warmen, weichen, fülligen Busen unter

118

der halb offenen Bluse, während sich unsere Leiber aneinander drängten.

Schließlich befreite sie sich:

„Genug für heute; sei ein braver Junge! Also: au revoir, mein Schatz. Grüß Deine Familie!"

3. Tagebucheintrag

Daheim angekommen, wollte meine Frau wissen, „wie geht es Deiner Mutter?"

„Sie fühlt sich einsam und möchte, daß ich sie häufiger besuche; ich habe es ihr versprochen".

„Einverstanden; wir könnten schon nächsten Sonntag zu ihr fahren".

„Und wer kümmert sich um unsere Tochter?"

„Die nehmen wir natürlich mit, sie ist ja schließlich ihr Enkelkind. Hat sie nicht nach ihr gefragt?"

„Doch, doch; ich soll euch beide von ihr grüßen."

„Ist das alles?"

„Ist das nicht genug?"

„Ich mag Deine Mutter und ich dachte, sie mag mich auch".

„Ja, das hat sie ausdrücklich gesagt – aber nicht, daß ich es Dir bestätigen soll."

„Was bist Du für ein Umstandskrämer!"

„Ich glaube, sie sucht menschliche Nähe und nicht Abwechslung".

„Wenn Du meinst".

„Wann besuchst Du wieder mal Deine Eltern?"

„Du willst ja nie mitfahren".

„Ich mag sie nicht sonderlich, weil sie mich nicht mögen".

„Das stimmt nicht; sie fühlen sich Dir nur nicht gewachsen. Das macht sie unsicher und zurückhaltend."
„Deshalb schlage ich vor, daß Du Dich um sie kümmerst, und ich um meine Mutter. Wenn sie Sehnsucht nach Euch hat, wird sie es mir schon sagen".
„Das ist zwar neu, aber: einverstanden!"
„Es ist vor allem eine klare und, wie ich finde, vernünftige Regelung".

4. Tagebucheintrag

Schon am nächsten Morgen rief ich meine Mutter vom Büro aus an.
Sie lag wohl noch im Bett, denn ihre Stimme wirkte nicht sonderlich munter.
„Was verschafft mir die seltene Ehre Deines Anrufs zu so ungewöhnlicher Stunde?", fragte sie schelmisch.
„Ich möchte mich bei Dir bedanken für die schönen Stunden gestern", versuchte ich es neutral zu formulieren.
„Hat es Dir gefallen?", hakte sie nach.
„Würde ich sonst jetzt schon bei Dir anrufen, um mich zu bedanken?"
„Es könnte ja auch ein einfacher Höflichkeitsakt sein", bohrte sie weiter.
„Wenn Du es genauer wissen willst: Es war wundervoll und ich habe großes Verlangen nach Dir!"
„Schämst Du Dich nicht, so etwas am Telefon zu sagen? Ich nehme doch an, daß Du vom Büro aus anrufst".
Es klang eher nach einen wohl-meinenden Warnung als nach einer Frage.

„Ist das alles, was Du zu erwidern hast?", fragte ich wißbegierig.

„Komm her, dann sage ich es Dir. Ich verspreche Dir, wir werden dort weitermachen, wo wir gestern aufgehört haben, wenn Du mich verstehst."

„Hast Du mir etwa noch mehr zu bieten?"

„Was glaubst Du denn? Das war doch erst der Anfang! Hast Du etwa keine Wünsche, die ich Dir erfüllen soll? Du mußt Sie nur sagen".

„Doch". Sie machte mir Mut: „Bitte wasch Dich nicht untenher; ich mag den Duft der Frauen!" - sprachs, und legte hastig auf.

5. Tagebucheintrag

Ich konnte das nächste Wochenende kaum erwarten. Voll ungeduldiger, erwartungsvoller Gier läutete ich Sturm und schlang sofort die Arme um sie, als meine Mutter mir die Tür öffnete, drückte ihren Körper an meinen und saugte mich an ihren Lippen fest, bis wir außer Atem waren. Erst als wir unsere Umklammerung lösten, konnte ich den Anblick genießen, den sie mir als neue Überraschung darbot. Ganz in schwarz, doch nur ein transparenter Morgenmantel, unter dem ein ebenso durchsichtiger Body hervorschaute, der an Strapsen die hauchzarten Strümpfe hielt, die wieder ihre herrlichen schlanken Beine mit schwarzen Pumps modellierten. Kein Slip verdeckte ihre von einem schwarzen Wald umgrenzte Möse.

Diesmal zog sie mich direkt in das Schlafzimmer, wo ebenfalls eine Flasche Sekt mit zwei Kelchen auf uns warteten. Sofort fielen wir auf die Betten, wobei sie mir ungeduldig aus meiner Garderobe half. Wie ausgehungert umschlangen wir einander, fuhren unsere Hände an den Körpern entlang, jeder des anderen Geschlechtsteile suchend und sich lustvoll daran zu bedienen, um schnell zu einer Vereinigung zu gelangen, während unsere Lippen sich nicht mehr voneinander trennen wollten.

Ich war wie von Sinnen und mit einem Aufschrei nahm sie meinen glühenden Schwanz in sich auf, als ich ihn heftig in ihre Fotze stieß, um sie ebenso heftig und ohne Ende zu ficken. Ihre Beine ragten weit gespreizt in die Luft und sie keuchte und schrie abwechselnd bei jedem meiner heftigen Stöße.

„Tiefer, tiefer!", entrang es sich zwischendurch ihrer Brust. „Mach weiter, hör nicht auf! Fick Deine Mutter, sie braucht es".

Mit einem Aufschrei sank sie in ihr Kissen, als ich mit einem Stöhnen meine Samen in ihre nasse Fotze spritzte und Momente später schoß ein Strahl ihres Scheidenwassers aus ihrer Möse.

Selig erschöpft lagen wir eine ganze Weise da und sahen uns dabei schweigend an.

„Was denkst Du?", fragte sie mich schließlich.

„Ich denke, daß Du eine ganz tolle und wunderbare Frau bist".

„Ich mag solche Komplimente, auch wenn sie vom eigenen Sohn kommen".

„Schade, daß Du mich erst jetzt verführt hast, sonst hätte ich lieber Dich geheiratet".

Sie lachte: „Es war ganz allein Deine Entscheidung. Ich hatte Dich lediglich um einen kleinen Gefallen gebeten und von Beginn an mit offenen Karten gespielt. Du hättest ebenso gut ablehnen und zuhause bleiben können, wie es sich für einen braven Ehemann geziemt."

Sie hatte recht, trotzdem: „Du hast recht. Trotzdem wünschte ich mir jetzt, Dich zur Frau zu haben – verheiratet oder nicht."

„Ein schöneres Kompliment kann es wohl für eine Frau und Mutter kaum geben", erwiderte sie lächelnd. Die ganze Zeit spielte sie mit meinem Penis in der Hand.

„Ich schlage vor, wir machen das Beste daraus".

„Das wäre?", fragte ich neugierig zurück.

„Das weiß ich nicht; alles hängt von Dir ab. Ich bin frei, Du nicht".

„Hast Du denn gar keine Skrupel?"

„Warum sollte ich Skrupel haben? Ich nehme die Pille, die erspart mir sämtliche Skrupel. Der Rest ist Deine Sache und da halte ich mich raus."

„Du machst es Dir zu einfach".

„Wieso? Ich will Sex mit Dir, den habe ich bis jetzt reichlich bekommen und genossen und würde es gern fortsetzen, denn es war und ist wunderschön mit Dir – genau so, wie ich es mir gewünscht und vorgestellt habe. Ich habe Dir gesagt, daß ich Dich jedem anderen Mann vorziehe, weil Du mein Sohn bist und wir uns kennen. Willst Du mich zu Deiner ständigen Geliebten machen, bin ich bereit dazu, denn es wäre mir so am liebsten. Um es noch deutlicher auszudrücken: Ich könnte mir nichts sehnlicher wünschen, als das!".

Dabei nahm sie mich in ihre Arme, küßte mich innig und legte ihren Kopf zwischen meine Schenkel, um an der Eichel meines Schwanzes zu lutschen. Ich konnte nicht widerstehen und tat das gleiche mit ihren rosigen Schamlippen. Ich genoß den süßsäuerlichen natürlichen Geruch ihrer Möse, die sie meinem

Wunsche gemäß nicht gewaschen hatte, um ihren Duft zu bewahren, nach dem ich mich so süchtig sehnte. Mit meinen Fingern öffnete ich ihre Schamlippen, um ihre Klitoris mit meiner Zunge zu streicheln. Meine Mutter begann zu zittern und zu stöhnen, was meine Erregung bei diesem wollüstigen Liebesspiel steigerte. Wieder fanden wir kein Ende, bevor wir in Ekstase gerieten und ich meinen Saft in ihr Gesicht spritzte, den sie genüßlich mit ihrer Zunge einsammelte und aufsaugte.

Wieder lagen wir wohlig ermattet da. Meine Hände glitten über ihre herrlichen, bestrumpften Beine, die weichen Schenkel hinauf über den Bauch, bis ich ihre schönen Brüste in dem hauchzarten Mieder erreichte. Alles das durfte ich begehren, berühren, streicheln und liebkosen, obwohl alles das zum Körper meiner Mutter gehörte, der für einen Sohn nach geltender Moral als unantastbar galt.

Ich fühlte, daß ich mich verliebt hatte in diese begehrenswerte Frau, die meine Mutter war, während sie nur Sex wollte – Sex pur, Sexualität in ihrer schönsten, weil reinsten Form, und deshalb mit dem eigenen Sohn, basierend auf der natürlichen Liebe einer Mutter zu ihrem Sohn; frei von Habsucht, Besitzansprüchen, frei vom Geschlechterkampf und dem Verlangen nach Macht und Unterwerfung seitens des Mannes und dem ewigen Wunsch nach Fortpflanzung – und ohne die Drohung, durchhalten zu müssen, „bis das der Tod uns scheidet". Allein das Verlangen regelte das Timing, die Häufigkeit, die Dauer; Angebot und Nachfrage regelte den Verkehr: die ideale Beziehung ohne Zwänge. Stattdessen die Freiheit, die Affäre jederzeit zu beenden, wenn es kein Verlangen mehr gab, das es zu befriedigen galt.

Das Verlangen meiner Mutter war ebenso rein wie ehrlich und sie war viel vernünftiger als ich, der ich bereits Gefühle investierte, die zusätzlich Gewissensbisse produzierten und auf diese Weise den wundervollen Sex verunreinigten, den ich hier und jetzt mit ihr und durch sie erleben durfte. Deshalb wollte und durfte ich sie nicht enttäuschen, indem ich sie mit irgendwelchen moralischen Vorbehalten hinterging, nur um sie zu befriedigen. Ich wollte ihr ganz gehören, so wie sie sich als Mutter mir vorbehaltlos hingab in ihrem Verlangen nach absoluter Lust, und von ihrem Sohn das Gleiche erwarten durfte, da ich dies so akzeptiert hatte und auch so wollte.

Konnte es für einen Sohn noch eine Steigerung des Glücks geben darüber hinaus, außer ihrer natürlichen Mutterliebe auch ihre sexuelle Leidenschaft zu erfahren, mit ihr zu teilen und schließlich auch zu erwidern in einer von Dankbarkeit erfüllten Harmonie?

Ehepartner, wenn es sie denn gab, mußten das begreifen und letztlich zu akzeptieren bereit sein, und durften es nicht mit gängigen Vorurteilen mißbilligen, so meine Schlußfolgerung, die mich auf den Boden der Realität zurückführte. Ich war verheiratet, hatte eine Tochter und führte bisher eine „normale" Ehe, wie man es zu nennen pflegt. Und nun?

Es sollte sich nichts daran ändern, wenn es nach mir ginge. Meine Mutter, die Geliebte, konnte nur eine Bereicherung meines Familienglücks bedeuten, nicht eine Schmälerung. Doch dies war meine einseitige, wenn man so will naive Sicht; wäre es auch die Ansicht und Einsicht meiner Frau, wenn sie davon erführe? Damit stellte sich schon jetzt die Frage, ob ich ihr diese Liebe offenbaren durfte, sollte, mußte – sie gleichsam teilhaben lassen, anstatt sie ihr zu verheimlichen. Ich fühlte mich überfordert, weil ich fürchtete, ihr Einsichtsvermögen zu überfordern und deshalb ihre Reaktion nicht einzuschätzen vermochte.

„Wirst Du es Deiner Frau sagen?" Ihre Frage war überfällig.

„Ich weiß es nicht. Was soll ich Deiner Meinung nach tun?".

„Ich weiß es nicht und ich sagte Dir bereits, daß ich mich da heraushalten werde. Es ist allein Dein Problem. Allerdings will ich Euer Glück nicht zerstören, aber ich will Dich auch nicht verlieren".

Wieder nahm sie mich in die Arme, küßte mich heftig auf den Mund und führte meine Hand wieder an ihre Muschi, damit ich sie masturbieren sollte, was ich allzu gern tat, während sie es mit geschlossenen Augen geschehen ließ und genoß. Dabei ließ sie ihre Hände ständig über ihre Brüste gleiten, die sie inzwischen aus dem Mieder befreit hatte. Ich beugte meinen Kopf auf ihren Busen und begann ihre Brustwarzen zu lecken und an ihnen zu saugen, bis meine Mutter einen Orgasmus bekam, bei dem erneut ein Schwall Fotzenwasser aus ihr herausspritzte. Meine nassen Finger leckten wir abwechselnd ab, um so viel wie möglich von ihrem Saft zu trinken.

Nachdem unsere gemeinsame Erschöpfung abgeklungen war, tranken wir endlich von dem Sekt. Sie tauchte meinen Schwanz in ihr Glas, und ich tat es ebenso, bevor wir miteinander anstießen.

Danach kleideten wir uns an und nahmen sehr lange Abschied von einander.

„Bleib mir wohlgesonnen".

„Das kann ich Dir versprechen", erwiderte ich lachend.

„Vergiß nicht, Deine Familie von mir zu grüßen, wenn Du sie siehst!", rief sie mir lachend nach, als ich ihr Haus verließ.

6. Tagebucheintrag

Sie empfing mich im selben Outfit wie beim letzten Mal. Wir küßten uns und gingen wieder in ihr Schlafzimmer, wo sie mich sofort entkleidete.

„Sag mir, was Du gern mit mir machen würdest. Ich bin auch für ausgefallene Wünsche zu haben."

„Eigentlich soll und will ich Dir ja Deine Wünsche erfüllen, hast Du das inzwischen vergessen?".

„Keine Sorge, meine Wünsche kenne ich, aber Deine nicht. Wie also soll ich sie Dir erfüllen, wenn ich nicht erfahre?"

„Knie Dich nieder auf dem Bett, damit ich Dich von hinten besteigen kann".

Sie verstand mich gut und spreizte die Schenkel so weit auseinander, daß ich mich bequem über ihren Hintern beugen konnte, um mit meiner Zunge an ihrer Rosette zu lecken. Sie ließ es widerstandslos geschehen und ließ meine Zunge auch in ihr Arschloch eindringen, wobei sie mir ihren ganzen Hintern einladend entgegenstreckte, an dem ich mich mit beiden Händen festhielt, indem ich ihre beiden Schenkel umfaßte und meine Finger an ihren Schamlippen spielen ließ.

Ihr wohliges Stöhnen sagte mir, daß ich nichts gegen ihren eigenen Willen tat oder nur zu meiner Befriedigung von ihr geduldet wurde. Ich nahm mutig meinen Schwanz in die Hand und führte ihn langsam in ihren After ein, begleitet von ihr mit einer Hand, die meine Hoden umfaßten. Kein Zögern, kein Widerspruch, kein Widerstand von ihr, der mich an meinem Eindringen hinderte. Sie senkte ihren Oberkörper in das Kissen hinab, um mir den Zugang in die enge Schlucht zu erleichtern – langsam zunächst und behutsam, bis mein Schwanz in voller

Länge in ihren Anus eingedrungen war und sich in ihm wohl fühlte. Sie stöhnte lustvoll, als ich sie mit meinem Schwanz in ihrem Arsch zu ficken begann, was sich immer mehr steigerte, weil ich mich nicht mehr beherrschen konnte vor Lust und Gier nach noch mehr Lust, während ihre Schreie ständig lauter und heftiger wurden, die nicht zwischen Lust und Schmerz zu unterscheiden waren. Es war himmlisch; meine Mutter war eine Liebesgöttin und ich hätte weinen können vor Glücksgefühlen, die sie mir so überirdisch gewährte. Mit einem lauten Stöhnen ließ ich meinen Samen in ihren After spritzen, bevor ich meinen erschlafften Schwanz langsam aus ihm herauszog und wir beide uns in den Kissen wieder fanden – erschöpft und glückselig einander anlächelnd.

„Wie geht es Deiner Frau: vernachlässigst Du sie meinetwegen wirklich nicht?"

„Ganz im Gegenteil; sie war erst vor wenigen Tagen erstaunt darüber, mit welcher Leidenschaft ich sie befriedigte – meiner Meinung nach Dein Verdienst."

„Wie das?"

„Ich mußte dabei ständig an Dich denken – ich konnte nicht anders".

„Es soll mich freuen, wenn dem so ist, denn ich mag sie wirklich und will nicht, daß sie meinetwegen leidet."

„Ich auch nicht".

Sie nahm meinen Schwanz in den Mund, um an ihm zu lutschen, obwohl er zuvor die ganze Zeit in ihrem After gesteckt hatte. Sie sah mich dabei an und ihr Blick sagte mir, daß sie es bewußt und absichtlich tat, um mir zu zeigen, wie sehr sie es genossen hatte, anal gefickt zu werden. Ich streichelte zärtlich ihr volles schwarzes Haar, das von silbergrauen Strähnen durchwirkt war.

Fausts Worte fielen mir ein: *Werd ich zum Augenblicke sagen: verweile doch, du bist so schön, dann magst Du mich in Fesseln schlagen.* Dies war der Augenblick, in dem sie mich in ihre Fesseln geschlagen hatte und in schönere Worte vermochte ich meine Gefühle in diesem Moment nicht zu kleiden.

Meine Mutter bemerkte meine Verzückung.

„Bist Du auch so glücklich, wie ich?"

„Möglicherweise sogar noch glücklicher".

Dankbar küßte ich ihre Hände, dann ihren sinnlichen Körper, bis hinab zu den bestrumpften Beinen und Füßen.

Schließlich tranken wir den Sekt nach dem selben Ritual wie gehabt.

Diesmal gingen wir wortlos auseinander, doch unsere Herzen waren voll von warmen Gefühlen der Dankbarkeit für einander.

7. Tagebucheintrag

„Heute bestimme ich das Programm und danach bekommst Du eine Weile Urlaub", eröffnete meine Mutter unsere nächste Zusammenkunft.

In ihrem nun schon üblichen Outfit, auf dem ich bestand, weil mich ihr Aussehen darin stets erregte (was es ja auch sollte), lud sie mich zunächst zum Sektritual ein, bevor wir uns in das Schlafzimmer begaben und dort entkleideten.

Sie kniete sich vor dem Bett nieder und legte ihren Oberkörper auf.

„Fick mich von hinten, aber in meine Fotze", bat sie.

Ich liebte es, wenn sie während unserer animalischen Gelüste das gleiche vulgäre Vokabular benutzte, wie ich es auch beim Schreiben dieses Tagebuchs verwende; beides gehört zusammen. Die obszöne Sprache bildet die Brücke und schafft Harmonie zwischen Tun und Wollen.

Ich kniete mich hinter sie, doch ich konnte nicht widerstehen, zunächst ihre Rosette und ihre Vagina zu lecken, bevor ich meinen Schwanz in ihre Fotze steckte und sie heftig zu ficken begann. Sie erwiderte meine Stöße mit Gegenbewegungen und stöhnte leise. Schließlich konnte ich nicht widerstehen und stieß ihr meinen Kolben in den Arsch, um mich auch in ihm auszutoben. Sie schien zunächst Widerstand leisten zu wollen – viel zu schwach, um mich zu überzeugen -, doch ich drückte ihren Kopf herunter, dann umfaßten meine Hände ihre prallen Brüste, die ich wollüstig knetete, bis ich mit einem Orgasmus auf sie niedersank. Meine Mutter hatte die ganze Zeit während meines Arschficks willenlos und stoßweise unter mir gestöhnt, während wir unsere Gesichter aneinander drückten, um uns immer wieder dabei zu küssen, während ich sie fickte. Keuchend blieben wir eine Weile in der Position kniend auf einander liegen, bevor wir uns auf das Bett setzten.

Meine Mutter zog ihre Dessous aus bis auf die Strümpfe, setzte sich mir gegenüber, nahm meinen Penis in die Hand und begann, ihre Vagina und meinen Schwanz zu masturbieren. Als sie aufhörte, löste ich sie unaufgefordert ab, dann masturbierten wir uns abwechselnd selbst und gegenseitig und schauten uns dabei zu, beobachteten uns dabei, wie sich unsere Erregung steigerte bis zum Orgasmus, mit dem aus ihrer Fotze eine Fontäne spritzte, während ich mein Sperma auf ihren Busen spritzte, das sie dort genüßlich auf ihren Brüsten verrieb und am Ende ihre nassen Finger mir in den Mund steckte, um das restliche Sperma abzulecken zu dürfen. Mit meinem Mund sammelte ich auf ihren Brüsten ebenfalls so viel Samenreste ein, wie noch übrig waren und leckte dabei vor allem behutsam ihre rosig blühenden Knospen ab.

Als ich aufstand, um zur Toilette zu gehen, folgte sie mir. Ich wollte urinieren, doch sie bremste mich: „Warte".

Sie zog ihre Strümpfe aus, setzte sich in der Badewanne nieder und forderte mich auf, mich vor sie zu stellen, um sie vollzupinkeln - so, daß mein Urin über ihr Gesicht und ihre Brüste floß, ihren Bauch und ihre Muschi; sogar ihren Mund öffnete sie, damit ich hineinspritzen sollte. Anschließend fand Rollentausch statt und sie tat dasselbe mit mir. Sie fragte nicht, ob es mir recht war und gefiel. Sie tat es, weil es ihr gefiel und es gefiel mir nicht nur, weil es ihr gefiel: es war einfach überwältigend für mich, wie sie über mir stand und ein kräftiger, langanhaltender Strahl ihres Urins sich aus ihrer Scheide auf mein Gesicht und über meinen Körper ergoß. Es war wieder einer jener Momente, von denen man sich wünscht, daß er nie enden möge.

Danach duschten wir gemeinsam und sie kleidet sich wieder in ihre betörenden Dessous; mir gab sie den alten Morgenmantel meines Vaters, ihres verstorbenen Mannes, und ich fragte mich einen Moment lang, ob er jemals mit ihr so glücklich gewesen war, wie ich es ständig erlebte. Ich war mir sicher, daß es nicht der Fall war, aber ich wollte meine Mutter nicht danach fragen.

Wir tranken erneut Sekt im Bett; diesmal ergänzte ich das Ritual; nachdem sie ihre Schenkel mir breit geöffnet entgegenstreckte goß ich meinen Sekt in ihre Möse, um ihn aus ihr zu trinken. Meine Mutter faszinierte es und ich mußte ihr ebenfalls erst den Sekt aus ihrer Fotze in ein Glas laufen lassen, bevor sie ihn trank – eine kleine Abwechslung von unserem sonst so tristen Alltag, wie wir uns lachend zuprosteten.

Eine Steigerung unserer Lust schien nicht mehr möglich – glaubte ich, doch ich irrte. Mutter gab mir eine Flasche mit Gleitgel, mit dem ich meine rechte Hand und ihre Möse einreiben mußte, als sie sich breitbeinig vor mir auf dem Bett ausstreckte und sich mit beiden Händen am oberen Bettrand festklammerte. Dann befahl sie mir, mit vier Fingern die Schamlippen ihrer Muschi zu massieren, um den Zugang allmählich zu dehnen, bis sie mich schließlich aufforderte, mit meiner ganzen Hand langsam in ihre Möse einzudringen; dabei atmete sie schwer, mit geschlossenen Augen und zusammengepreßten Lippen.

Ich schloß meine Hand zur Faust und spürte die Wände in ihrer Fotzenhöhle.

„Ja, richtig so", stöhnte sie. „Nun beweg Dich".

Ich begann meine Faust behutsam in alle Richtungen zu drehen. Sie stöhnte noch mehr, ihr Körper bäumte sich auf. Meine Bewegungen wurden mutiger, lebhafter, schneller, während ihr Stöhnen und Keuchen sich zum Schreien steigerte und ihr Körper zu zittern begann. Ich keuchte inzwischen ebenfalls vor Wollust. Sie packte mein Handgelenk, um meine Faust noch tiefer in ihre Fotze zu drücken und den Rhythmus meiner Bewegung zu erhöhen.

„Mach weiter", schrie sie, „mach schneller - tiefer – tiefer – mehr – weiter - hör nicht auf".

Ihr ganzer Körper bäumte sich wie unter Qualen und dann spitzte eine Fontäne nach der anderen aus ihrer glitschigen Fotze, während meine Faust in ihr wühlte.

Schließlich sank sie nieder und schien ohnmächtig zu sein. Sie atmete keuchend, ihre Augen waren geschlossen. Langsam und behutsam zog ich meine nasse Hand aus ihrer nassen Scheide und legte mich neben sie, schmiegte mich an ihren heißen Körper, streichelte sie und küßte sie auf die Wange. Erst nach einer ganzen Weile erwachte sie und öffnete die Augen; lange schaute sie mich wortlos an. Dann drehte sie sich auf die Seite und schlief ein mit einem Seufzer der Erschöpfung auf den Lippen.

Leise erhob ich mich, nachdem sie fest eingeschlafen war, und kleidete mich an. Im Wohnzimmer schrieb ich ihr einen Zettel: *Ruf mich an, wenn Du mich brauchst. Ich bin immer für Dich da, Dein Dich liebender Sohn -* , und verließ das Haus.

8. Tagebucheintrag

Wir hatten kein neues Treffen vereinbart, meine Mutter war offensichtlich befriedigt dank meiner treuen Pflichterfüllung als ihr Sohn, - so, wie sie es sich gewünscht hatte. Nun fand ich auch Zeit, erneut über unser Verhältnis nachzudenken.
Die Natur gab ihr das Recht, nach Befriedigung ihres sexuellen Verlangens zu suchen. Eine natürliche Autorität gegenüber dem eigenen Sohn erlaubte es und machte ihr Mut, ihn einem fremden Mann zur Erlangung der Befriedigung ihres Begehrens vorzuziehen. So unorthodox dies zunächst auch war, so glaubhaft war die Begründung und seine Überzeugungskraft für mich und umso leichter fiel mir der eigene Wunsch, ihrem nachzugeben, um sie glücklich zu machen. Nachdem sie sich dessen versichert hatte, gab es in der Tat keine Gründe mehr für uns, unserem gemeinsamen Verlangen zu widerstehen – außer dem einen: es ist verboten!

Diese Zeilen aus Schillers Ode an die Freude drücken es aus:
Freude, schöner Götterfunken, Tochter aus Elysium,
wir betreten feuertrunken, Himmlische, dein Heiligtum.
Deine Zauber binden wieder, was die Mode streng geteilt.
Wer ein holdes Weib errungen, mische seinen Jubel ein!
Freude trinken alle Wesen an den Brüsten der Natur,
alle Guten, alle Bösen folgen ihrer Rosenspur.
Küsse gab sie uns und Reben, einen Freund, geprüft im Tod;
Wollust ward dem Wurm gegeben und der Cherub steht vor
Gott.

Wir werden die Reinheit der Liebe, wie wir sie erleben, verteidigen gegen die Reinheit der Lehre, wie sie die Moralapostel verkünden.

Der warme, weiche Körper, an den ich mich einst in aller Unschuld schmiegte, jetzt konnte ich ihn in seiner ganzen Schönheit erkennen, jetzt durfte ich seine ganze Sinnlichkeit erfassen. Ihre wundervollen Brüste, die mich einst gesäugt hatten, jetzt waren sie mit ihren rosigen Knospen ein Quell sinnlichen Begehrens für meine Lippen. Die Vagina, die mich einst unter Schmerzen hervorgebracht hatte, sie war nun der Weg in ihre Grotte, in der ich unbeschreibliche Lust von ihr empfing.

Die Erfüllung, die wir in der sehnsüchtigen Vereinigung unserer Körper fanden, übertraf alles bisher erlebte – nicht obwohl, sondern weil sie meine Mutter ist; und nicht obwohl, sondern weil ich ihr Sohn bin. Die natürliche Nähe zwischen uns enthemmte unser gegenseitiges Verlangen und steigerte unser sinnliche Begierde jedesmal bis zur sexuellen Ekstase - ein Begehren voller Reinheit, weil es ebenso selbstsüchtig war wie erfüllt von dem Wunsch, dem anderen absolute Erfüllung zu gewähren.

9. Tagebucheintrag

Das Feuer, das sie in mir entfacht hatte, wollte und sollte nicht mehr verlöschen und befeuerte auch die Liebe mit meiner Frau, was diese dankbar bemerkte.

Eines Tages überraschte sie mich mit den Worten: „Ich gratuliere Dir".

„Zu was und aus welchem Anlaß?"

„Zu dem, was Du in Deinem Tagebuch so schön geschildert hast".

Als ich meinen Schock überwunden hatte, erwiderte ich: „Ich werde mich weder entschuldigen noch verteidigen."

„Das brauchst Du auch nicht – weder das eine, noch das andere".

„Sondern?"

„Ich habe einen besseren Vorschlag".

„Der wäre?"

„All das mit mir zu machen, was Du mit Deiner Mutter gemacht hast – oder sie mit Dir".

Ich traute meinen Ohren nicht: „Ich glaube, ich habe Dich unterschätzt".

„Ja, das hast Du. Nun hast Du die Chance, es wieder gut zu machen".

Ich nahm sie in meine Arme und wir hielten uns lange innig fest, bis unser Töchterchen auftauchte und wissen wollte, wer von uns beiden heute Geburtstag habe.

„Wir Beide!", antworteten wir wie aus einem Mund. Das verstand sie nun überhaupt nicht und ließ uns stehen.

„Bist Du denn gar nicht eifersüchtig", wollte ich wissen.

„Ich bin eher neidisch".

„Neidisch worauf? Neidisch auf wen?".

„Wozu ich Dir bereits gratuliert habe".

„Ich verstehe".

„Ich wäre am liebsten dabei gewesen."

„Als Zuschauer oder Teilnehmerin?"

„Beides".

„Meinst Du es ernst?"

„Warum nicht?!"

„Soll ich Sie fragen?"

„Wenn Du es möchtest?!"

„Ich fände es wundervoll".

„Ich glaube, ich auch. Die Lektüre Deines Tagebuchs hat mich jedenfalls sehr erregt".

„Ich beginne, Dich zu bewundern".

„Danke, ich habe nichts dagegen einzuwenden".

Ich küßte sie stürmisch, trug sie ins Schlafzimmer und wir erlebten eine wilde Nacht, wie sie mich an unsere Flitterwochen erinnerte.

Es war Sonntag und wir konnten ausschlafen. Draußen regnete es – alles zusammen die besten Voraussetzungen, um am Morgen die Aussprache im Bett fortzusetzen, mit einem langen, wohltemperierten 69er als Digestif.

„Darf ich mein Tagebuch weiter führen?", fragte ich.

„Wozu? Schreckt Dich nicht das Risiko, daß es mal in falsche Hände fällt?"

Eine gescheite Antwort darauf fiel mir nicht ein.

Das Tagebuch war für mich das Medium, der Vergänglichkeit Widerstand zu leisten, indem ich den flüchtigen Ereignissen und Erlebnissen Dauer verlieh, aber das war nichts Neues. Mit dieser Selbsterkenntnis habe ich das Rad nicht neu erfunden.

„Bevor Du mit Deiner Mutter sprichst, mußt Du wissen, daß ich nicht zu dem bereit bin, was man einen „flotten Dreier" zu nennen pflegt. Dazu bin ich mir zu schade und ihr seid es hoffentlich auch. Ich bin nicht prüde, aber ich will mehr als ein oberflächliches Sex-event. *Ich sei, gewährt mir die Bitte, in Eurem Bunde die Dritte,* um es mit Schillers Worten auszudrücken. Ich will ihr eine Bereicherung zur Erfüllung ihrer Wunschträume bieten, die gleichzeitig auch uns bereichern soll, wenn Du mich verstehst. Ich will mich nicht aufdrängen oder anbiedern, sondern mich anbieten, aus freiem Willen; und ich tue es gern, weil ich es gern machen möchte – mit Euch und nur mit Euch.

Ich glaube, Du hast eine ebenso delikate wie anspruchsvolle Aufgabe vor Dir."

Recht hatte sie, doch ich freute mich darüber und darauf, wenn meine Mutter eine Fortsetzung wünschen sollte. Alles hing allein von deren Wünschen ab – das wann, wie und was - und daran wollte ich und durften wir nichts ändern.

10. Tagebucheintrag

Nach einiger Zeit kam tatsächlich wieder ein Anruf von ihr ins Büro; ich war nicht da und man hinterlegte mir einen Zettel mit ihrer Bitte um Rückruf.

Nach dem üblichen Vorgeplänkel ergriff ich die Initiative: „Werden wir uns wiedersehen?"

„Wann hast Du Zeit für mich?"

„Wann Du es möchtest."

„Also sofort!", rief sie forsch.

„Warum verlangst Du immer Unmögliches von mir?"

„Damit ich das Mögliche bekomme", war ihre gekonnte Antwort.

„Ich habe Neuigkeiten für Dich", setzte ich fort.

„Soll ich darauf warten, bis Du kommst, oder erfahre ich sie jetzt?"

„Vorab nur so viel: Sie weiß alles, aber Du brauchst nicht zu erschrecken!"

Schweigen am anderen Ende; schließlich: „Dann habe ich wohl allen Grund, gespannt zu sein".

„Ja, aber mit dem größten Vergnügen; ich verspreche es Dir!"

„Das klingt ja immer unheimlicher!"

„Ich liebe Dich – wir lieben Dich!", beendete ich das Gespräch abrupt.

11. Tagebucheintrag

„Los, erzähle!", empfing mich meine Mutter in ihrem betörenden Outfit und drängte mich in ihr Schlafzimmer, wo bereits der Sekt gekühlt auf einem Nachttischchen auf uns wartete. Sex mußte diesmal wohl warten, denn ihre Neugier war im Augenblick größer als ihr sexuelles Verlangen.

„Meine Frau hat mein Tagebuch gefunden."

„Was für ein Tagebuch?"

„Worin alles über uns steht".

„Du führst Tagebuch über unser Intimleben?", fragte sie erschrocken, fast wütend.

„Reg Dich bitte nicht auf. Es sind keine Namen genannt. Ich gebe zu, es war keine kluge Idee von mir, aber ich konnte nicht widerstehen, mir die Begegnungen mit Dir auf diese Weise aufzubewahren. "

„Typisch Mann, der sich in eine Andere verliebt hat. Und nun hast Du die Bescherung!", erklärte sie vorwurfsvoll.

„Genau das Gegenteil ist der Fall, aber Du läßt mich ja nicht ausreden!"

„Mach Dich nicht lustig über mich. Ich kenne doch die Männer und ihre Redensarten, wenn sie auffliegen: *Ich kann Dir alles erklären; es ist nicht so, wie Du glaubst* –und so weiter!"

„Nein, nein und nochmals nein. Es lief ganz anders, als Du denkst! Beruhige Dich erst einmal".

„Ich bin gespannt, was Du mir auftischen wirst"

„Du solltest – nein, wir können nur dankbar sein dafür, daß sie das Tagebuch gelesen hat, denn sie versteht Dich, versteht uns und macht uns keinen Vorwurf daraus – im Gegenteil!"

Meine Mutter versuchte zu verstehen und schaute mich dabei ungläubig an.

„Das verstehe ich nicht; kannst Du es noch einmal wiederholen".

„Du hast mich richtig verstanden – so, wie ich am Anfang auch Schwierigkeiten hatte, Dich zu verstehen."

Noch immer schaute sie mich ungläubig an.

Nach einer Weile fragte sie: „Und nun?"

„Was willst Du wissen?"

„Wie geht es weiter – mit uns?"

„Wir brauchen keine Gewissensbisse mehr zu haben – vor allem ich nicht".

„Also alles, wie bisher?", fragte sie immer noch ungläubig.

Ich nahm sie in die Arme und sie schmiegte sich an mich.

„Alles wie bisher", flüsterte ich ihr zu „..und noch mehr, wenn Du möchtest".

„Was meinst Du damit?".

Ich berichtete ihr von der Reaktion meiner Frau nach der Lektüre des Tagebuches.

„Sie erklärte, daß sie uns beneide um das, was wir miteinander erlebt hätten und daß sie am liebsten dabei gewesen wäre – als Zuschauer wie als Teilnehmer".

Meine Mutter schaute mich verblüfft an: „Das kann nicht wahr sein. Stimmt das, was Du eben gesagt hast, oder machst Du Dich über mich lustig?"

„Ihr mögt Euch doch; warum also klingt das in Deinen Ohren so unglaubwürdig, was ich Dir berichte."

„Ich brauche jetzt Zeit und viel Sekt, um das alles zu verstehen und zu verkraften, was Du mir erzählt hast."

Ich schenkte uns die Gläser voll und wir stießen auf das Glück an, das sie noch nicht glauben konnte.

„Ich hatte Dich vorgewarnt, daß Du nicht zu erschrecken brauchst. Im Gegenteil - Du hast allen Grund, Dich über meine Dummheit zu freuen."

Sie lachte hell auf und nahm mich in ihre Arme. Wir küßten einander heftig und voller Verlangen nach so langer Enthaltsamkeit.

Erst jetzt zog sie mich aus und wir begannen, Zärtlichkeiten auszutauschen und uns zu lieben – sehr sanft und sehr innig. Er spät betrat ich voller Sehnsucht *Himmlische, Dein Heiligtum.*

Wir lagen beieinander, unsere Beine miteinander verschränkt, tranken Sekt und berührten uns zärtlich. Meine Mutter schaute mich an; ihre Gedanken kreisten um meine Frau.

„Ich weiß nicht, wie ich mich ihr gegenüber verhalten soll, nach dem sie alles über uns weiß. Ich glaube, ich werde sehr verlegen sein, wenn ich ihr begegne".

„Aber gerade das brauchst Du nicht. Sei entspannt und natürlich. Ihr seid Freundinnen und so solltest Du Dich verhalten. Ich bin sicher, daß sie sich ebenso verhalten wird – wenn Du nicht mehr von ihr willst".

„Du meinst – sexuell?"

Ich nickte stumm. Sie schwieg, ohne sichtbares Zeichen einer Reaktion.

„Dein Tagebuch – darf ich es lesen? Ich glaube, es könnte mir helfen, alles besser zu verstehen."

Ich zögerte: „Aber – ich weiß nicht. Es ist sehr privat und sehr intim".

„Das haben Tagebücher so an sich. Oder soll ich nicht erfahren, was Du über mich geschrieben hast?"

„Doch, Du darfst es lesen - alles."

„Danke; hoffentlich muß ich mich hinterher nicht schämen".

„Das mußt Du nicht; vielleicht bist Du nach der Lektüre eher der Meinung, daß ich mich schämen müßte, aber es ist ja nicht zur Veröffentlichung bestimmt".

„Immerhin kennt es jetzt schon Deine Frau".

„Ja, aber weder mit meinem Willen noch mit meinem Einverständnis".

„... sondern aufgrund Deiner Dummheit – das Resultat ist dasselbe."

Wir liebten uns mehr als bisher und deshalb umso leidenschaftlicher, voller Begierde und voller Verlangen, auch den anderen glücklich zu machen.

12. Tagebucheintrag

„Meine Frau läßt Dich herzlich grüßen und bittet Dich, sie an- zurufen, wenn Du das Tagebuch gelesen hast – sonst wird sie es tun, um das Schweigen zu beenden." Mit dieser Botschaft übergab ich meiner Mutter das corpus delicti, auf das sie so gespannt gewartet hatte.

Ohne zu antworten, zog sie sich sofort zurück, um es ungestört lesen zu können, lediglich begleitet von einem Glas Sekt in der Hand. Es dauerte eine ganze Weile, bis sie wieder auftauchte – wesentlich länger, als die Lektüre des Textes brauchte.

Schweigend gab sie mir das Büchlein zurück und schaute mich nachdenklich an.

„Nun? Soll ich mich schämen?", fragte ich sie, um das Schweigen zu beenden.

„Es ist schamlos, aber es stimmt alles. Ich erkenne jede Situati- on wieder. Alles ist richtig, aber nicht ganz korrekt geschildert: Du hast mich idealisiert und alles verklärt".

„…erklärte die Angeklagte zu ihrer Verteidigung", setzte ich fort.

„Und wie lautet die Anklage?", wollte sie wissen.

„Ich zitiere die Anklageschrift:

Eine lüsterne Witwe treibt seit Monaten Inzest mit ihrem ver- heirateten Sohn; Beweisstück: das Tagebuch des Angeklagten, entdeckt und gelesen von dessen Ehefrau, die jedoch von ihrem Aussageverweigerungsrecht Gebrauch macht, nachdem sie sich der Komplizenschaft verdächtig gemacht hat.

Die beiden Angeklagten sind geständig, haben jedoch keinerlei Unrechtsbewußtsein und zeigen weder Schuldgefühle noch

Reue und erklären sich als Nichtschuldig im Sinne der Anklage.

Ich frage die Angeklagte: Hat sie uns noch etwas vor der Urteilsverkündung zu sagen?"

Meine Mutter lachte: „Die beiden Verschworenen ziehen sich zur Beratung zurück".

Wir fielen übereinander her und fickten voll gierigem Verlangen miteinander bis zur Erschöpfung.

„Ich halte das Gericht für befangen und verlange Freispruch! Die Sitzung ist damit beendet", erklärte ich, bevor wir zu unserem Sektritual wechselten.

„Wer ruft wen an?" wollte ich wissen.

„Wenn Deine Frau mir etwas sagen will, soll sie mich anrufen; außerdem ist sie die Jüngere von uns beiden."

„Aber sie hat Hemmungen."

„Denkst Du, ich nicht?"

„Das nennt man eine Patt-Situation", erklärte ich scharfsinnig.

„Ich kann damit leben", erwiderte meine Mutter.

„Ich schätze, meine Frau ebenfalls. Zweck des Telefonats sollte ja wohl die gegenseitige Annäherung sein mit dem Ziel, einander auch physisch näher zu kommen, wenn es Dein Wunsch wäre."

„Ist es denn der ihre?". Neugier klang aus ihrer Frage.

„Sonst würde sie nicht den Kontakt suchen, nachdem sie das Tagebuch so positiv kommentiert hat."

„Meine Güte, ist alles plötzlich so kompliziert geworden durch Dein blödes Tagebuch!"

„Ich bekenne mich schuldig im Sinne Deiner Anklage. Man kann es aber auch positiv betrachten."

„Sag Deiner Frau, ich würde mich über einen Anruf von ihr freuen – ist das fürs erste genug?"

„Ich glaube, ja", um das Thema zu beenden.

Ich wollte mit ihr ins Bett und sie wartete längst darauf. Es wurde noch eine wundervoll unanständige Stunde, in der wir unseren Inzest schamlos auskosteten.

13. Tagebucheintrag

„Was hat sie gesagt?", empfing mich meine Frau nach der Heimkehr vom Besuch bei meiner Mutter.

„Sie liebt Dich, sie küßt Dich und sie freut sich auf Deinen Anruf", fabulierte ich. Ich log nicht, sondern malte nur das Stimmungsbild, wie ich es empfunden hatte, etwas aus.

„Warum ruft sie nicht selbst an, um mir das zu sagen?", fragte sie leicht enttäuscht.

„Weil sie Hemmungen hat, und das kann man ja auch verstehen – oder?"

Es ist eine meiner Stärken, Fragen mit Gegenfragen zu beantworten; an die anderen kann ich mich nicht mehr erinnern.

„Was soll ich tun; was rätst Du mir?".

Ich hatte gehofft, mich leise aus der Pattsituation herausstehlen zu können, doch sie holte mich wieder ein.

„Ruf sie an", erwiderte ich forsch. „Alles andere ergibt sich dann sicherlich von selbst".

Sie tat es, aber ich verschwand und kenne nur das Resultat in seiner Kurzfassung.

Strahlend berichtete sie mir: „Deine Mutter lädt uns beide zu einem „Privatissimum" ein, so nannte sie es – falls es mir recht sei".

„Und?"

„Ich habe natürlich JA gesagt und war so mutig, zu erwidern, es könne mir gar nicht privat genug sein".

14. Tagebucheintrag

Bevor wir am folgenden Samstag Nachmittag zu meiner Mutter zu ihrem angekündigten Privatissimum fuhren, hatte sich meine Frau ein paar Gläser Sekt gegönnt, um ihre Hemmschwelle vorab etwas zu senken, was sich beim Überschreiten der Türschwelle zum Haus meiner Mutter schon positiv auswirkte, weil sie ihr in die Arme fiel und die beiden Frauen es sofort ausnutzten, sich gegenseitig heftig zu küssen und engumschlungen ins Wohnzimmer zu wandern. Ich hatte den Eindruck, daß meine Mutter sich auf dieselbe Weise eingestimmt hatte, denn die Sektflasche auf dem Couchtisch war nur noch halb voll.

Ich kam mir fast überflüssig vor, um nicht zu sagen als ein Störfaktor, denn die beiden Frauen achteten nicht mehr auf mich, sondern ließen ihren Gefühlen für einander freien Lauf. Die Eifersucht, die es in mir weckte, spornte mich zu dem einsamen Entschluß an, mich diskret zurückzuziehen und die Beiden einem Schicksal zu überlassen, das es offensichtlich sehr gütig mit ihnen meinte, um schnell und unkompliziert zu einander zu finden.

Aus organisatorischen Gründen und der Fairness halber hinterließ ich einen Zettel, auf dem ich schrieb, man möge mich anrufen, sobald ich gebraucht werde, bevor ich auf leisen Sohlen das Haus meiner Mutter verließ. Doch ich wartete bis zum nächsten Vormittag vergebens auf einen solchen Anruf. Ich wurde unruhig und rief meinerseits bei meiner Mutter an.

Ich hatte nicht den Eindruck, daß ich sehr vermißt wurde, als sie sich am Apparat meldete, aber immerhin erlaubte sie mir, zu kommen. Vorsichtshalber fragte ich: „Wie geht es meiner Frau?"

„Gut, sehr gut; warum fragst Du?"

„Ach, nur so." Ich konnte meine Neugier nicht beherrschen: „Seid ihr glücklich miteinander?".

„Natürlich – sehr sogar. Hast Du etwas anderes erwartet? Wir lieben uns! Komm und überzeuge Dich selbst".

Ihre Stimme klang in meinen Ohren beunruhigend nüchtern – ganz so, als ob sie nichts getrunken hätte und durchaus ernst meinte, was sie sagte.

Ich raste los und wurde durchaus freundlich empfangen. Meine Frau gab mir ebenso wie meine Mutter einen freundschaftlichen Kuß zu Begrüßung und man lud mich zu einem Glas Sekt ein. Forschend schaute ich in die Gesichter der beiden Frauen, die Händchenhaltend nebeneinander mir gegenüber auf der Couch saßen und mich ebenso interessiert musterten.

„Du brauchtest Dir wirklich keine Sorgen um uns zu machen", unterbrach meine Mutter die Stille, „es ist alles in Ordnung und wir sind sehr glücklich. Ich bin Dir sehr dankbar dafür".

„Ich auch", echote meine Frau mit strahlendem Gesicht: „Ohne Dich wäre es nie dazu gekommen."

Es klang irgendwie nach einem Partnertausch mit open end und ich kam mir wie am Anfang recht überflüssig vor. Eigentlich war ich gekommen, um meine Frau abzuholen, aber sie lehnte dankend ab.

„Ich bringe sie Dir später zurück", erklärte meine Mutter und das war wohl die Aufforderung, zu gehen, denn sie hinderte sie hinderte mich nicht daran.

Spät in der Nacht schlich meine Frau sich im Dunkeln in unser Schlafzimmer, um meine helle Wachsamkeit nicht zu stören, mit der ich ihre Heimkehr erwartet hatte. Dennoch konnte ich meine Neugier nicht zügeln.

„Wie wars?", entfuhr es mir ungebremst.

„Toll. Wundervoll. Himmlisch. Viel schöner, als ich es mir vorgestellt hatte."

Meine Frau schien zu glauben, mit ihrer Begeisterung meinen Hoffnungen und Erwartungen zu entsprechen. Das Gegenteil war der Fall, wie ich zu meiner eigenen Überraschung und Be- stürzung feststellen mußte.

15. Tagebucheintrag

Ich habe die Büchse der Pandora geöffnete und sehe mich nun als das Opfer der Folgen. Was aus Demut vor meiner Mutter entsprungen war und sich zum Hochmut bei mir entwickelt hatte, richtete sich im Übermut nun gegen mich. Doch meine Gefühle waren widersprüchlich – einerseits Erleichterung, daß der Inzest so ein natürliches Ende fand, aus dem ich schadlos herauskam, doch andererseits Eifersucht, plötzlich ausgebootet zu sein. Ich wußte nur noch nicht, gegen welche der beiden Frauen ich mehr eifersüchtig sein sollte.

Inspiriert von meiner Frau, hatte ich eine Menage a trois im Visier gehabt, stattdessen hatte ich eine lesbische Beziehung gestiftet - entgegen allen Absichtserklärungen und Erwartungen. Die Auswirkungen bekam ich in voller Wucht zu spüren: keine der Beiden wollte noch etwas von mir und mit mir im Bett zu tun haben, und da ich selbst der Anstifter der Liaison scandaleuse war, konnte ich keiner einen Vorwurf machen, sondern lediglich mich selbst bedauern und den Kummer als Leidtragender nur noch meinem Tagebuch anvertrauen, was ich, wie ich finde, jetzt hinreichend getan habe.

Mit meiner Mutter erlebte ich originär die sexuelle Erfüllung mit all ihren Spielarten und Abarten. Hinzu kam der Reiz des Altersunterschieds: für meine Mutter die Liebe mit einem Jüngeren, für mich die Liebe mit einer älteren Frau. Das ganze wurde geadelt durch die naturgewollte Liebe zwischen Mutter und Sohn – was zusätzlichen Sinnesrausch schuf dank der Verruchtheit des begangenen Inzests – auch wegen seines gesellschaftlichen Verdikts und gesetzlichen Verbots – beides Tabus, deren Argumente auf Konventionen und Vorurteilen basieren, die keiner vernünftigen Hinterfragung standhalten.

16. Tagebucheintrag

Meine Frau hat mich um die Scheidung gebeten. Der Grund: Sie und meine Mutter wollen heiraten…

Meineidliche Versicherung (Amtlich zulässiges Formular)

Hiermit versichere ich, daß ich dies sogenannte Tagebuch mit Abschaum und Empörung nicht gelesen habe, besonders die Szenen, wo es die Beiden miteinander treiben! Dem Autor mangelt es offensichtlich auch an Fantasie, sonst hätte er am Ende die beiden Frauen ermordet, zerstückelt und in Säure aufgelöst, denn ein überzeugendes Motiv hat er ja selbst am Schluß geliefert. Nun kann man nur noch hoffen, daß die beiden Frauen mit dem Autor das selbe machen. Damit würde aus dem unappetitlichen Porno ein appetitlicher Krimi nach dem Motto „Ende gut, alles gut", den auch Jugendliche lesen dürfen.

Datum und Unterschrift:

Neues Verkehrsrecht

Das Bundeskabinett berät heute über einen Gesetzentwurf des Ministeriums für Familienplanung und Jugendschutz zur weiteren Liberalisierung des Verkehrsrechts – Gesetz zur Regelung von Maßnahmen zur Steigerung des allgemeinen Lustgewinns (GStLu).

Orgien (mehr als vier Personen) sind mit Angabe von Ort, Dauer und Anzahl der Teilnehmer beim örtlichen Ordnungsamt anzumelden. Für Orgien wird das Vermummungsverbot aufgehoben, wenn die Teilnehmer deutlich sichtbare Namensschilder tragen.

Unverheiratete sowie Angehörige verschiedener Konfessionen, über 15 Jahre, sind mit elterlicher Genehmigung beider Parteien oder unter elterlicher Aufsicht berechtigt zu Doktor-Spielen an Wochenenden in geschlossenen Räumen, jedoch bei unverschlossenen Türen (schummeln gilt nicht!) – ab 16 Jahren auch in PKW mit amtl. Zulassung, aber nur auf den Rücksitzen, auf öffentlichen Parkplätzen im Geltungsbereich der amtlichen Zulassung (sogen. Ruhender Verkehr). Wer mogelt, wird bestraft.

Jugendliche ab 10 Jahren in Begleitung eines Erziehungsberechtigten sind als Zuschauer zugelassen, wenn sichergestellt ist, daß dabei die öffentliche Ordnung nicht durch ruhestörenden Lärm gefährdet wird.

Wegen Verletzungsgefahr ist Analverkehr während der Fahrt verboten.

Ausführungsbestimmungen erfolgen durch die örtlichen Ordnungsämter.

Schlußwort

„Auf diesem Wege grüße ich alle unsere Freunde, Feinde,
Nachbarn und Verwandten – die „Heulsuse" und die krebs-
kranke Tante Olga (lebst Du noch?) – dann meinen früheren
Kumpel Otto von der Spätschicht bei VW, den Fan-Club vom 1.
FC St. Rohrstock und Familie K. in O. (Name und Ort der Re-
daktion bekannt), *die wir letztes Jahr in unserem Urlaub auf*
Mallorca kennengelernt haben (wißt Ihr noch, wie wir nach
dem Besuch beim Ballermann besoffen am Strand unseren
Rausch ausgeschlafen haben? Ihr müßt uns unbedingt besu-
chen kommen; dann machen wir wieder mal einen richtig drauf
und dann lernt Ihr auch unsere Freunde in der Wohnwagen-
siedlung auf dem Campingplatz kennen, wovon ich Euch er-
zählt habe).

Uns geht es soweit gut. Zwar reicht Hartz IV gerade mal für
Bier und Zigaretten, aber meine Frau hat jetzt wieder eine
Teilzeitarbeit bei einer Leiharbeitfirma bekommen. Seitdem
kann sie leider nicht mehr regelmäßig ihre Lieblingssendung
„Die Geissens" im Fernsehn sehen. Deshalb habe ich mir vor-
genommen, von dem ersten Geld, was sie da bekommt, ihr alle
Staffeln auf Video zum Geburtstag zu schenken. (Unter uns: die
Carmen würde ich auch nicht von der Bettkante schubsen; sie
soll ja sogar ein Piercing an ihrer Muschi haben, hat der Mar-
cus von Anhalt gesagt, was er aber nicht mehr sagen darf;
wozu auch: es wissen jetzt sowieso Alle: nach der BigBrother-
Sendung war es d a s Thema in meiner Stammkneipe. Und
wenn es stimmt: darf man in diesem Land nicht mal mehr die
Wahrheit sagen oder erfahren? Die Carmen ist ja immerhin

eine interessante öffentliche Angelegenheit, oder wie das im Juristendeutsch heißt. Wozu läßt sie sich denn da unten piercen, wenn es keiner wissen darf! Nach Meinung von ihrem Roobäärt ist der falsche Prinz zu tief in ihre Intimsphäre eingedrungen, was ich gut nachvollziehen würde, wenn ich die Gelegenheit dazu bekäme - hahhaha).

Ich persönlich sehe ja lieber die Krimis mit dem Kolumbus – das ist der mit dem Regenmantel bei jedem Wetter, mit der Zigarre im Maul und dem Glasauge (wohl aus Glas, damit er durchgucken kann).

Kevin, unser Sohn, hat immer noch keine Lehrstelle, aber er hat sowieso keinen Bock auf Arbeit und solange er Arbeitslosengeld bezieht, ist das auch egal und sonst läßt er sich krank schreiben. Ich habe ihm den guten Rat gegeben, er soll das bißchen Geld nicht für Hakenkreuz-Tattoos ausgeben, sondern lieber Bodybuilding machen, damit er die Kanaken besser vermöbeln kann, die sich hier in unserem Viertel herumtreiben und die wir unserer mildtätigen Schwester Angelika zu verdanken haben (Ihr wißt, wen ich meine).

Ich sage immer wieder zu ihm und seinen Kumpeln, mit denen er rumhängt: „Ich könnt machen, was Ihr wollt; Ihr dürft Euch nur nicht erwischen lassen!" – wie die VW-Manager, die ihre Abgaswerte manipuliert haben, oder der Prinz von Anhalt, der wie jeder vernünftige Mensch nur versucht hat, keine Steuern zu bezahlen – wie es der Donald Trump auch nicht tut, obwohl er Milliarden Dollar auf dem Konto hat, aber trotzdem nicht in den Knast muß, wie der Markus. Unsereins hat sein ganzes Leben lang nur geschuftet, während die den ganzen Tag damit verbringen, ihr Geld zu zählen.

Ich selbst brauche auch endlich mal wieder eine kleine Auszeit und werde deshalb so bald wie möglich alleine nach Thailand machen, wozu mir der Otto aufgrund seiner eigenen Erfahrungen geraten hat, weil man sich da sehr gut entspannen kann, besonders in der Hauptstadt Blankog.

Ich muß jetzt aber Schluß machen; gleich beginnt die Sportschau.

Also bis dann – man sieht sich!"

Bibliografische Information der Deutschen Nationalbibliothek: Die
Deutsche Nationalbibliothek verzeichnet diese Publikation in der
Deutschen Nationalbibliografie; detaillierte bibliografische Daten sind
im Internet über dnb.d-nb.de abrufbar.

TWENTYSIX – Der Self-Publishing-Verlag
Eine Kooperation zwischen der Verlagsgruppe Random House und
BoD – Books on Demand

© 2017 RAABE, PETER

Herstellung und Verlag:
BoD – Books on Demand, Norderstedt

ISBN: 978-3-7407-2893-1